婚約破棄された令嬢、敵対する家の旦那様とスピード結婚する。

JN053567

第一章

「カミーユ。すまないが、僕はここで君との婚約を破棄すると宣言する。理由はいろいろあるのだが、今まで積もり積もった君への鬱憤が、ついに爆発したものだと思ってもらえれば！」

いきなりそんなふうに切り出されて、カミーユは立ちすくんだ。

すうううっと、顔から血の気が引いていくのがわかる。

——何で、こんなところで？

出席しているのは、若い貴族たちが集う王城での春の宴だ。

王家が主催する定例の大規模舞踏会だけあって出席者は多く、そこでの出来事は王都中の話題となる。

すでにただならぬ雰囲気を感じ取って、二人の周りには人だかりができつつあった。

婚約破棄、という過激な宣言がジョゼフの口から飛び出したことで、ざわめきが波のように広がっていく。

何せジョゼフはロンダール王国の大貴族である、ドンピエール公爵家の御曹司だ。

対するカミーユはドンピエール公爵家に次ぐ権勢を誇る、モンパサ侯爵家の令嬢だった。

明日にはこの王都にいる貴族では知らぬ人がいないほど、噂は広がるだろう。

そんなふうに思っただけで、カミーユは足元の地面がなくなったような恐怖を覚えた。

――だけど私は、ジョゼフの浮気現場を目撃しただけなんだけど？

どく、どく、と鼓動が鳴り響く中で、心の中で反論する。

理由はいろいろあると言われたが、カミーユ側に何の落ち度もないはずだ。もし本当に落ち度があるというのなら、つまびらかに列挙してもらいたい。

むしろ、このような大勢がいる前で婚約破棄を宣言されたカミーユのほうこそ、ジョゼフについての問題点を山のように列挙することができる。

――まずは、こんな考えなしのところよね……！

この我が儘かつ女好きのジョゼフと婚約したのは、カミーユがまだ十歳であり、まるでものを知らないころだった。

いわゆる政略結婚だ。カミーユとジョゼフの婚約は、モンパサ侯爵家とドンピエール公爵家との結束を深め、ひいてはこの両家が属する派閥をより強くするためになされた。

この王国の貴族は、二つの大きな勢力にパッキリと分かれている。一つはこのジョゼフが属するドンピエール公爵家を中心とした派閥であり、もう一つはカロリング公爵家を中心とする派閥だ。

モンパサ侯爵家は、ドンピエール公爵家の派閥に属している。

カミーユ本人としては、ジョゼフのことは好きでも嫌いでもなかった。政略結婚においては、本人の意志よりも、派閥や家同士の関係のほうが優先される。

幼いころの婚約は何も知らないころになされたものだし、十八歳となって世間というものをおぼろげに知った現在であっても、親に逆らうまでの感情は今までなかった。

——結婚って、そういうものよね、って思ってたわ。いきなりこんなふうに、一方的に破棄されるまでは。

外側から見れば呆然と立ちつくしているだけだったが、心の中でカミーユはめまぐるしく考えていた。こんな状況になるまで、事態を楽観視していた自分が悪い。だけど、それ以上に悪いのは、当然、ジョゼフだ。

結婚する相手だからと、どうにか我慢してはきたものの、婚約破棄されたとあらば、心の底からの怒りが波のようにこみ上げてくる。

——ジョゼフは時間は守らないし、我が儘だし、気分屋だし、浮気者だわ！　ろくに勉強もしないおバカさんだし、今日は嘘もついてた……！

この定例の春の宴は華やかで楽しく、大勢の人が集まるから、カミーユは冬の間からあれこれと準備をして、とても楽しみにしていたのだ。

だが、一緒に出席するはずのジョゼフから、直前になって『今回は体調が悪いから、出席は見合わせる』というメッセージが入った。

舞踏会は年頃の貴族にとって、生涯の伴侶を見つける場だ。

すでに婚約者がいる貴族たち――特に令嬢はその婚約者と出席するのが通常であって、ダンスの一曲目をその相手と踊ることが定められている。

婚約者がいるにもかかわらず、令嬢が一人きりで参加した場合には、ダンスは一曲も踊れない。

だから、ジョゼフが行かないというのなら、自分も出席しないでいいかな、とカミーユは最初は考えたのだ。だが、新しいドレスを披露してみたかった。友達ともおしゃべりしたい。楽団や舞踏団も楽しみたい。

だから、今回はあえて出席することに決めた。

ダンスは踊らなくてもいいと割り切った。ジョゼフがいなくとも、仲のいい令嬢とおしゃべりできたら、それはそれで楽しい。その上で、楽団や舞踏団などを楽しみたい。

だが、そう思って出かけた広い会場で、体調が悪くて出席していないはずのジョゼフの姿を見かけた。しかもジョゼフはとある女性と密着しながら庭へと向かい、人のいない木陰でいちゃつき始めた。

――なるほどね。

その姿に、カミーユはようやく納得した。

ジョゼフは浮気者だ。カミーユという婚約者がいるにも関わらず、いろいろな女性と関係を持っているらしい。

結婚は結婚、遊びは遊び、というわけだ。特に最近では、とある未亡人に夢中らしい。そんな噂が、時折カミーユの耳にまで届いている。

——つまり私がこの春の宴に参加したら、浮気現場を見られることになるから、まずいってわけなのね。

おそらくその未亡人に『この春の宴に一緒に参加したいわ』などと誘われて、考えなしにうなずいてしまったのだろう。

その後で、カミーユのことを考えた。婚約者と愛人と、二人を相手にすることはできない。だから、カミーユに『欠席する』と連絡して、その未亡人と心置きなく春の宴を楽しもう、としていたわけだ。

——最低。最悪。浮気者。ろくでなし。生きている理由なんてない男だわ。

心の中でありったけ罵ってみたが、それでもカミーユは自己決定権を持たない、深窓の令嬢だった。家長である父に逆らったら、どんなことになるのかわからない。侯爵令嬢という身分なしに、この王国の中で女性一人が生きていく術（すべ）はないのだ。

だからこそ、今までジョゼフの浮気を薄々知っていても、知らぬふりを続けてきた。

今日の春の宴も、できるだけジョゼフと鉢合わせしないように、頑張って避けてみたのだ。

だが、舞踏会が終わりに近づいたころ、ジョゼフとビックリするほどすぐそばで、顔を合わせた。

避ける間もないぐらいだった。偶然が重なった結果だ。

『え？』

いないはずの婚約者を目の前にして、ジョゼフは目を剥いて固まった。何せ彼は歩きながら、未亡人のその豊かな胸に顔をすり寄せていた真っ最中だからだ。

さすがにそんなところを婚約者に見られたことで、ジョゼフはどうにか自分を取り繕わなければならない状況に陥ったらしい。本人がどれだけ腐っていようとも、宮廷では勢力を二分するドンピエール家の御曹司だ。

カミーユを見て、真っ赤になったり青くなったりしたあげくに、ブチ切れて冒頭の宣言となったのだった。

婚約は、男性側から言い出せば、理由の如何を問わず破棄できる。

それが、男性優位であるこのロンダール王国での決まりだ。

――だけど、大勢の前でこんなふうに婚約破棄を言い渡すのは、明らかにルール違反よ。

ざわざわとした人々の声がますます大きくなっていくのを感じつつ、カミーユはぎゅっと拳を握った。

こんなことをされたら、カミーユは大勢の前で恥をかかされたことになる。これほどまでのルール違反をされたからには、よっぽど問題があるのだと憶測され、今後、まともな縁談は望めない。

——なんてことを。

これで、カミーユの人生は破滅だ。

怒りのあまり顔から血の気が引き、指の先まで冷たくなった。

バカだバカだとは思っていたものの、さすがにここまでジョゼフが考えなしだとは思っていなかった。

カミーユは社交界デビューして、まだ二年だ。

深窓の令嬢であり、家の中で教育は受けたものの、世間というものをろくに知らないという自覚があった。

だが恋とか愛とかに対する、十八歳の女性としての憧れはある。ジョゼフはまともな夫とは言えないだろうが、それでも更生の余地があるかもしれないと思っていた。結婚というものに、漠然と憧れていたのだ。

——だけど、それら全てをジョゼフは土足で踏みにじったのよ……！

「おまえみたいな浮気者はだなぁ……！」

カミーユが怒りのあまり一言も発せないでいる間に、ジョゼフはカミーユを指さして、さらにありもしない行状を並べ立て、糾弾していく。

曰く、いつぞやの宴では、自分を無視して別の青年貴族と仲良くしていた。夏の別荘では、自分をさしおいて、たくましい厩務員と親しげに話しこんでいた。

それらは一応あったことではあったが、親しげになんかしていない。その光景を見て、ジョゼフが嫉妬していたという事実もないはずだ。

チラリと見たかもしれないが、無関心を貫いていた。

――浮気現場を婚約者に見られて、しかも嘘をついて欠席を決めこんだ舞踏会だったから、決まりが悪かったのはわかるわよ？　かといって、ここまで逆ギレしなくても。

器が小さい。

あまりの小ささに、カミーユのほうが恥ずかしくなる。ジョゼフに対する怒りが、こんなバカな男を放置しておいてすみません、といういたたまれなさに変化しつつあった。

ジョゼフとは幼いころに婚約し、その後も折に触れて、顔を合わせてきた。

婚約者というほどの親密な付き合いはなく、ただ二人で公的な行事に出席するぐらいではあったものの、それでもこれが単なる狼狽による逆上だということぐらいはわかる。

とはいえ、こんなふうに大勢の前で婚約破棄を宣言されたら、関係を修復するのは不可能だ。

ファーストキスもまだなのに、カミーユは大勢の貴族たちの前で、とんでもない悪女に仕立て上げられていく。

――どこがよ？　私がいつ、誰かに親しく微笑みかけたっていうの？　それは、あなたには一度も親しく微笑みかけていなかったかもしれないけど。それは、あなたがろくでもないことしかしてこなかったからよ……！

そう大声で言い返したい。黙らせたい。

だが、大勢のいるこの場でそのような行動に出たら、カミーユに悪評が立つ。

曰く、気が強い女だとか、人前で少しも物怖(ものお)じしていなかったとか。

それは事実だからいいのだが、貴族のろくでもない若い男は、ひたすら従順な女が好きなのだ。

だから、ここで婚約破棄となって、新たな縁を探すためには、ひたすら被害者を装っておいたほうがいい。

理性ではそう思うのだが、我慢できない。

せめて一言、言い返してやろうとしたときだ。

カミーユの背後から誰かが進み出てきて、そっとカミーユの肩に触れた。

いつの間にか、カミーユとジョゼフの周りには大きな空間ができていた。物見高い貴族たちはその周囲を幾重にも取り巻いてはいたが、その円の中に入ってくるものはない。

ドンピエール派の領袖の跡継ぎであるジョゼフを、こんな場で刺激したくはないのだろう。

だが、彼だけは無造作に踏みこんできた。

その誰かを確認しようと振り返った次の瞬間、カミーユの表情が今まで以上に強(こわ)ばった。

――アイザック・カロリング……！

ジョゼフは国を二分する、大派閥の御曹司だ。このアイザックはもう片方の、敵対する大派閥のトップである、カロリング家の現当主だ。

いかにも武人といった厳しさは身体全体から漂っていたが、顔の造作自体はビックリするほど整っている。その端正な顔に氷のような表情を浮かべて登場されたら、カミーユは震え上がらずを得ない。

鍛え抜かれた体躯はそこにいるだけで周囲を威圧し、その眼差しは一目で人を切るほどに鋭い。

舞踏会という華やかな場に、このアイザックが姿を現すことは滅多になかったはずだ。

華やかな社交は苦手だと公言し、国王の信任を得て国境沿いに軍を展開し、彼自らそれを率いている。異民族から国を守ることに専念している、というもっぱらの噂だった。

アイザックはその肩幅のある長身を強調するように漆黒の長衣をまとっていたから、近づきがたい迫力があった。何度か、カミーユはこのアイザックの姿を宮廷で目にしたことがある。

だが、敵対勢力の派閥のトップであるということに加えて、その顔立ちがひどくおっかなく思えて、ひたすら避けてきた。

――そのアイザックが、何の用よ？

恐怖に縮みあがりながら、カミーユは反射的に肩にかかった彼の手を振り払おうとした。

だが、がっしりとした巌のような腕は、カミーユの身じろぎぐらいで外れるものではなかった。それでも、触られるのを拒んでいると悟ったのか、アイザックのほうから腕を外し、ジョゼフに向けて一歩踏み出す。

「な、……なぁんだよ！」

ジョゼフのほうが、カミーユよりもアイザックの登場に震え上がっているようだった。

宮廷でこの二人が直接顔を合わせているのを、そういえば見たことがない。

ジョゼフは顔を引きつらせて今にも逃げ出しそうなほど浮き足立っていたが、それでも自分はドンピエール派の長の後継者である、という見栄でもあるのか、どうにか踏みとどまろうとしていた。

そんなジョゼフの反応を見て、アイザックは嘲るような笑みを浮かべた。それには欠片も愛想のようなものが含まれていなくて、周囲の温度が一気に下がったようだった。

羊の群れの中に現れた狼のような迫力がある。

カミーユもその物騒な笑みを見ただけで、ざわりと鳥肌が立つのを感じた。

アイザックはジョゼフの前まで無造作に歩み寄ると、おもむろに口を開いた。

「公衆の面前で婚約破棄を言い出すとは、どうかしてるな、ジョゼフ・ドンピエール。そんなろくでもないことをしたら、この令嬢の面目が立たなくなる」

アイザックの声を、カミーユは初めて聞いた。声は低かったがとてもよく通って、ざわつい

ていた周囲が静まりかえる。

敵対する派閥の長の登場にカミーユは度肝を抜かれていたが、言っている内容はもっともだ。

――そうよ、その通りよ！　こんなところで婚約破棄だなんて、どうかしてるわ……！

だが、この発言はカミーユの肩を持つようで、実際のところはジョゼフを糾弾しているだけのように思える。

アイザックはドンピエール家と長年対立してきた派閥の長だ。それだけに、単なる親切心でここに介入してきたとは思えない。

何を企んでいるのか知りたくて、カミーユの全身は警戒に強ばった。

――蜘蛛のようなカロリング。

それはドンピエール派の貴族の中で、嘲りとともに言われる言葉だった。

カロリング家の紋章には八本のとげがあり、荒野のアザミを象徴しているらしいのだが、それが蜘蛛のようにも見えるからだ。

とにかく二つの派閥は昔から折り合いが悪く、互いに相手を蛇蝎のように嫌っていた。

かなり昔からの因縁があり、もともとはどこぞの領土争いが原因のようだ。だが、カミーユはそれについて、詳しくは知らない。

王都に来るようになってから言い聞かされてきたのは、とにかくカロリング派の貴族の子供とは、仲良くしてはいけない。話をしてもダメだし、成長して恋に落ちるなんてとんでもない。

――それでも、両派閥の壁を乗り越えて、恋仲になった恋人たちはいたらしいわ。だけど必ず悲恋で終わったって……。

ただ、その両家の対立が宮廷内で表面化することは滅多になかった。

何故なら、両派閥の対立に辟易とした現王、ブロワーヌ三世から、両派閥ともに仲良くするように、との触れが頻繁に出ていたからだ。

宮廷では決して、敵派閥の悪口を言ってならない。根拠のない陰口や、敵派閥の人事を意図的に排除するような行為をしたときには、厳罰で応じる。

それでも、派閥間の関係は良くならない。トゲトゲとした対立が、ブロワーヌ三世が即位した二十年間もずっと続いてきたはずだ。

その対立を象徴するように、派閥トップの御曹司と当主が、こうして直接、会話することすら滅多になかった。

それもあって、注目度は高い。

周囲の貴族たちは、何が起きるのかと固唾を呑んで見守っていた。

衆人の注目を浴びたことで、アイザックに威圧されていたジョゼフが虚勢を取り繕い、肩をいからせながら一歩前に出た。

嘲るような声を、アイザックに浴びせかける。

「面目が立たなかったらどうなんだ？　その女とは、すでに婚約破棄をした。もはや僕とは、何の関係もない。恥をかこうが、泣こうが、好きにすればいい」

あまりのジョゼフの言いざまに、カミーユはあらためて拳を握りしめた。一発ぶん殴ってやりたいほどだが、それには良識が邪魔をする。

その代わりに、アイザックが口を開いた。

「関係を断ち切ったからといって、花盛りの十八の令嬢を、大勢の前で辱めていいという理由にはならない」

――そうよ！　そうな……んだけど、アイザックにかばわれるのは、何か、違わない？

この件に介入してきた裏の意味まで、勘ぐらずにはいられない。敵対するカロリング家の当主が、単なる親切心でしゃしゃり出てきたとは思えないからだ。

ジョゼフにとっても、それは同じようだ。

それに加えて、カロリング家の当主に人前で負けるわけにはいかないという気負いもあるのか、顔を真っ赤にしてまくし立てた。

「だったら何だ？　そうか、おまえがこの女をかばうのは、関係があったからだな。浮気だろ？　僕に隠れて、この女と、ろくでもない関係を結んでいたんだな！」

――はぁあああ？

とばっちりを被ったカミーユは、心からうんざりした。

カミーユが浮気をしたなんて事実は、絶対にない。だが、ドンピエール家の権勢は強く、その御曹司が言うことには、嘘を真実として言いくるめさせるだけの強制力がある。

だが、アイザックが即座に否定した。

「そんな事実はない。俺だけではなく、令嬢も侮辱することになるぞ、ジョゼフ」

だが、もはや興奮しきったジョゼフにとっては逆効果だったようだ。

たしなめられたことでブチ切れたのか、大声を張り上げた。

「そうか！　そうなんだな、わかったぞ、どうしておまえが、滅多に出ない舞踏会に、のこのこ現れたのか！　その女も、僕が出席しないと言ったのに、ここにやってきた。それは、おまえと逢い引きをするためなんだな！」

「……ちが……っ」

思わず、カミーユは口走った。そもそもカミーユは、アイザックと言葉を交わしたこともない。

だが、またしてもアイザックが冷静に言い返してくれた。

「婚約者のいるこの令嬢と、春の宴に参加しようと示し合わせたことも、逢い引きの約束をしたという事実も決してない。君のような浮気者ではないからな。だが、このような場でここまでひどく侮辱したからには、この令嬢は私がもらってもいいって意味か？」

いきなり出たそんな爆弾発言に、カミーユはびっくりして立ちすくんだ。

カミーユのほうからは、アイザックの後ろ姿しか見えない。いったい、どんな顔をして、こんなことを言い出しているというのか。

ジョゼフも度肝を抜かれたらしい。ギョッとしたような顔でアイザックを凝視した。他の貴族たちも思わぬ展開に静まりかえる。

そんな中で、一番狼狽しているのはカミーユだろう。

――え？　えええええええええ？　この人、今、……何を言ったの？

いきなりの展開に、頭がついていかない。

――私をもらうって言った？

カミーユはようやく社交界にも慣れ、今が売り出し時の令嬢だ。

くるくるとウエーブしたストロベリーブロンドを流行の髪型に結い上げており、最先端のドレスに身を包んでいる。おしゃれには敏感だった。長いまつげに縁取られたブルーの目は、そこそこ魅力的なのではないか、という自負もある。

とはいえ、男を二人、手玉に取るほどの傾国の美女ではないという自覚はあった。宮廷内の二大トップが争うほどではない。

ジョゼフはアイザックの挑戦的な言葉を受けて、しばらくは固まっていた。だが、自分が不要になったものでも敵にそのまま譲るほど、心が広くはなかったようだ。

動けるようになるなり、いきり立ってまくし立てた。

「婚約破棄をした以上、その女は僕とは何の関係もない。どうしようと自由――のはずだが、目の前でかっさらわれるのは、気分が良くないな」

ジョゼフは従僕にあごをしゃくって、コインを差し出させた。それを手の中でもてあそびながら、アイザックに言う。

「だから、ここで賭けをしないか」

――は？

ポカンとしたカミーユの気持ちを、またもやアイザックが代弁してくれる。

「賭けだと？」

「ああ。おまえが勝ったら、僕は後腐れなく、この女をおまえに譲ろう。だけど、僕が買ったら、そうだな。おまえが先日、陛下との狩りのときに乗っていた、素晴らしい黒毛の馬を譲ってもらおうか」

話のなりゆきに、カミーユは卒倒しそうになった。

――私と馬を天秤（てんびん）にかけたわ、この人……！

これでは、馬と同等の賭けの対象になった、という噂が立つ。そうなったら、ますますカミーユと結婚しようという貴族はいなくなる。

だからこそ、ここでアイザックにジョゼフをたしなめてもらいたい。

だが、ここまで完全にカミーユの気持ちを代弁していたはずのアイザックは、楽しげに分厚い唇をほころばせた。

今までが冷ややか一辺倒だっただけに、その笑顔はぞくりとするほど魅力的だった。悪人面ではあったが、目が吸い寄せられる。

本気になったのか、アイザックは身を乗り出しながらうなずいた。

「よかろう。あれは最高の馬だが」

「成立だな」

カミーユの心も知らずに、ジョゼフによってコインが空中に投げあげられる。

そのコインは、綺麗に回転しながら金色の弧を描いて――。

第二章

「はぁあああ。とても素晴らしい。素晴らしいよ。このソファは、初期のコルマンド形式を忠実にそっくり写し取っている。精巧な細工に、鹿革！　ビスにまで、細かく彫金が施されているなんて、そんなことがあり得るか！　いや、あり得ない！」

カミーユの父は、屋敷の居間に運びこまれたドールハウスに夢中だった。

父が言う通り、それはカミーユでも見たことがないぐらい豪華で精緻な品だ。貴族の屋敷をそっくり模した外観に、階段や内装、家具までもが、手を抜かれることなく再現されている。

ワインセラーに並ぶワインには実際にワインが詰められ、ラベルが貼られ、一つ一つのカップや皿まで備えられた見事なドールハウスだった。

おそらくそのドールハウスには、下手な貴族の屋敷一軒に匹敵するほどの労力と金銭が注ぎこまれているはずだ。

カミーユの父はかなり前から、貴族の間で流行しているドールハウスに傾倒していた。父の部屋にはたくさんのドールハウスが詰めこまれており、最近では他の部屋のスペースまで圧迫しつつあるほどだ。

その中でも特に父が喉から手が出るほど探し求めていたのが、傑出した天才職人によるこのドールハウスだった。

父はひたすらその職人のドールハウスを入手しようとしていたらしい。それでも何十年も手に入らなかった。だが、その品が、ポンと届けられたのだ。

その瞬間から父の目の色が変わり、何を言っても上の空になった。

母には大きな宝石がちりばめられた、重量のある高価なネックレスが届けられた。その両方とも、カミーユの結婚の贈り物だ。

──例の、アイザック・カロリングからよ……！

春の宴で、カミーユはジョゼフに婚約破棄された。アイザックが賭けに勝って、代わりにカミーユを獲得したという話は、その晩のうちに王都中を駆け巡った。

賭けの後、アイザックは卒倒しそうなショックに立ちすくんでいたカミーユの前でひざまずき、近日中に家に結婚の許可を取りに行くと言い残したのだ。

そして、その春の宴の翌日。

ジョゼフが属するドンピエール公爵家から、丁寧な詫(わ)びの使いがやってきた。

当主の名代としてやってきたのは、ジョゼフの弟であるレオン・ドンピエールだ。

現当主は、孫であるジョゼフの婚約破棄を軽挙妄動と断じ、ひどく恥ずかしく思っている。

だが、あれだけ派手な場で婚約破棄がなされたとあらば、もはや世間的に婚約関係を続けることは難しい。

モンパサ家としても、あのようなことをしたジョゼフに嫁がせるのは抵抗があるだろうから、一端白紙に戻す形で、両家ともに納得できないだろうか。

そう口にした後で、レオンは返事を待つように思慮深い眼でモンパサ家の面々を見つめ返した。

レオンはジョゼフとはだいぶ性格が違い、賢いが少し内向的だと言われていた。

カミーユとしては、ドンピエール家の家督は長男のジョゼフではなく、この次男のレオンに継いで欲しいほどだった。

だが、このロンダール王国では長子相続が法で定められている。よほどの事情があり、長子が廃嫡される理由を王に認められないと、他の子に家督を譲ることができない。

過去に兄弟間で相続をめぐって、いざこざが頻発した結果らしい。

「祖父は大変に申し訳ないと。婚約破棄の件について、こちらから十分な詫びの品もお渡しするつもりではおりますが、——もしも、カミーユさまがカロリング家に嫁ぐのでしたら、それも許容する、ということです」

「え?」

レオンの言葉に、カミーユは思わず声を漏らした。

普通の状態だったら、ドンピエール派で第二の権勢を誇るモンパサ侯爵家の令嬢が、敵派閥の当主に嫁ぐことは許されない。だが、今回はジョゼフに責があり、大勢の前でアイザックがカミーユを獲得したという事情も鑑み、特例として許容する、ということのようだ。

カミーユが呆然としている間に、レオンは詫びの品——換金性の高い宝石を両親に渡して、去っていった。

これさえあれば、一生独身でもどうにか暮らすことができる。

だが、レオンが去るのを待っていたかのようなタイミングで、父には見事なドールハウスが、母には宝飾品が届けられたのだ。

さらにその翌日、アイザック・カロリングが自らこのモンパサ家に乗りこんできた。

彼は堂々とした体躯に、春の宴のときに見たのと似た、漆黒の長衣を着こんできた。たくましい太腿(ふともも)とふくらはぎが強調されるようなぴたりとしたズボンに、膝丈のブーツを身につけている。栗色(くりいろ)の髪はうなじが見える形で整えられていた。

——ちょっと緊張しているように思えるけど、だけど、……さすがに、アイザックとの結婚は両親とともに許可しないわよね。

両親に居間に呼びつけられながら、カミーユは自分に言い聞かせた。

いくら素敵な贈り物を受けており、派閥の長からの特別な許可があるといっても、相手は長年対立してきた派閥の長だ。カロリング派の悪口を、どれだけ浴びせかけられて育ったかわからない。

それでも、ほんのかすかにカミーユが引っかかっていたのは、この先、自分は一生独身で暮らさなければならないのか、ということだった。

花の十八歳。まだ恋や愛に対する憧れもあったし、ときめきも知りたい。

ジョゼフからあんな形で婚約破棄されたからには、この先、まともな結婚の話は舞いこみそうにない。それを皆も暗黙のうちに認めているからこそ、ドンピエール家もあそこまでの宝石を寄越したのだ。

恋もせず、この先一生、独身で暮らすことを決意するには、カミーユはまだ若すぎる。

――ジョゼフには幻滅したんだけど。

モンパサ家の居間に通されたアイザックは、その深い緑色の瞳でカミーユを見た。それだけで、カミーユは獰猛な獣に狙いを定められたような気分になる。この男は、いったい何のつもりなのだろうか。

内心では震え上がりながらも、それでも負けてはならないと、ぐっと身体に力をこめた。

独身のまま、一生暮らしたくはない。

それでも嫁ぐのはこのアイザックではないはずだ。

敵対する派閥の長に、父が自分を嫁がせるはずがない。そんなことになったら、針のむしろで暮らすことになる。

――だって、カロリング派の人は、ろくでもないって聞いたわ。卑しいし、嘘をつくし、盗みも働くし、いつでもこちらの悪口ばかり言ってるって。

やたらとギスギスした人間関係らしい。

それでも、父があまりにもドールハウスに夢中になっていたから、カミーユは心配になった。昨夜、直接、父に尋ねておいたのだ。私をこのドールハウスと引き換えにはしませんわよね、と。

父は「もちろんだ」とうなずいた。

なのに両親ともにアイザックと少々小声で話しこんだ後は、何だか態度が違った。

嫌な予感は的中し、父はカミーユと視線を合わせないまま、少し決まりが悪そうに告げた。

「アイザックに挨拶を。これから、おまえの夫になる人だ」

「え。でも、……だって……、お父さま」

カミーユは絶句した。

昨夜とは話が違う。

父は確かに、アイザックから贈られたドールハウスに魅入られていた。結婚が破談になったら、その贈り物をそっくり送り返さなければならない。

――だからといって、ドールハウスと私を、引き換えにするの？

その横にいた母も、困惑したような笑みを浮かべながら言った。

「だって、しかたがないもの。ジョゼフにあんな形で婚約破棄されてしまったら、あなたに今後、まともな嫁ぎ先はないわ」

母も何かに意識を奪われているようだ。何が両親を心変わりさせたのかと、カミーユは考える。

父はドールハウスに、母はアイザックから送られた宝石に魅入られていた。特に母が欲しがっていたのは、今はこのロンダール王国の鉱山から産出されなくなった特別な虹色の宝石だ。その宝石が、アイザックからの贈り物のネックレスの中央に燦然（さんぜん）と輝いていた。アイザックからの贈り物に骨抜きになっていたのは父だけではない。母も、だ。

まさかの展開に、カミーユはたじろいだ。

誰にも嫁ぐこともなく、愛や恋も知らないまま、一生独身で暮らすのは少し残念だと思ってはいた。だが、嫁ぐ相手はアイザックではないはずなのだ、絶対に。

いつの間にか両親を味方につけたアイザックは、居間のソファに悠然と腰掛けて微笑んでいる。

――凄（すさ）まじく巧妙だわ、アイザック。情報収集能力に、ひどく長（た）けてる……！　両親が大好きなものを、嫌というほど把握しているわ。下手したら、ドンピエール家の当主にも、何か働きかけたのではないかしら。

モンパサ侯爵家は、金銭的に全く困窮してはいない。このロンダール王国では、五指に入るほどの豊かな領地を保有し、資産もたっぷりある。

だが、金に飽かしたところで、どうしても手に入れられないものがある。それを、上手にアイザックは突いてきた。

父も母の言葉に、同調するようにうなずいた。

「母さんの言うとおりだ。アイザックはカロリング家の当主ではあるが、陛下もカロリングとドンピエール両家の、長年の対立にひどく心痛めておられる。おまえの結婚が、両派閥の和解の、第一歩になるかもしれぬ」

すさまじき変わり身の早さに、カミーユは目眩を感じた。

カロリング家と仲良くせよ、なんて、ドールハウスが贈られてくるまで、父は一言も口にしたことはなかったはずだ。

少し前まで両親は、カロリング派を蛇蝎のように嫌っていた。

この変わり身の早さは、いきなりの婚約破棄というジョゼフの所業に少なからず腹を立てている、といった理由もあるのかもしれない。それに加えて、あのように公衆の面前で婚約破棄されたカミーユに、まともな縁談は望めなくなったという事情もある。

——だけどやっぱり、あのプレゼントだわ。

父はドールハウスに魂を抜かれていた。母も、だ。

しかも、先ほどの密談が引っかかる。

さらなる新たな贈り物の提案でもしたのではないだろうか。

そのような両親の言葉を受けて、アイザックは我が意を得た、とばかりに深々とうなずいた。

その身体はゆったりと椅子に沈められているのに、少しも隙がない。

獲物を狙う鋭い目でカミーユを見据えながら、形のいい唇を動かした。

「ご両親の了承も取れました。婚儀の式は、できるだけ近いうちに執り行いましょう。ただ、両派閥の仲を勘案して、うちうちで行うのはいかがでしょうか。いつか両派閥が長年のしこりを解消して和解したあかつきには、大々的に行いたいものですが」

アイザックは二十代後半であり、二十代前半のジョゼフとは五歳ほどしか年齢は変わらないはずだ。だが、派閥の長としての重責をになっている者にふさわしく、ひどく老成した口ぶりだった。

「……え……」

婚儀の話まで出たことに、カミーユはびっくりした。婚約ではなく、即座に婚儀なのだろうか。

——ってことは、いきなりカロリング家に嫁ぐの？

どれだけ意地悪をされるのかと思うと、震え上がりそうになる。そんな中で、自分は暮らしていけるのだろうか。

両親が口々に言った。

「そうね。婚儀は身内だけのほうがいいわ」

「そうだな」

両親があっさり賛成したので、カミーユが何かを言う前に、アイザックは席を立った。

「では、一週間後。お迎えにあがります」

アイザックはすくみあがっていたカミーユの手を取って、軽くキスした。それから、固まったカミーユを振り返ることもなく去っていく。

――一週間後?

アイザックがいなくなった後で、カミーユは涙ながらに父に抗議した。

だが、父は結婚を承諾する意志を変えてくれない。

「内々の式で良いのだから、一週間後でも問題はなかろう。その日が、ちょうどおまえの十九歳の誕生日だ。行き遅れにならずにすんだな」

「お父さまは婚儀が成立したら、さらに新しいドールハウスを贈りたいって言われて、態度をコロリと変えたのよ」

母が横からつげ口のように言ってくる。

「あ、こら。おまえだって、宝石を――」

母も、追加で宝石を贈られる約束をされたようだ。

カミーユは考えていたことが的中して、本気でため息をついた。

まさかとは思ったが、本当に両親が買収されるとは思っていなかった。娘を売り渡すほどまでに、アイザックからの贈り物は魅力的だったというわけだ。

──だったら、……仕方ないから、嫁ぐしか。

一度も嫁ぐことなく、独身のまま暮らすことも考えたら、一度ぐらい結婚してもいいのかもしれない。

──だけど、怖いわ。

まぶたに、目にしたアイザックの姿が灼きついていた。

黒ずくめの衣服に、威圧的な鋭い目つき。誰にも心を許していないように見える愛想のなさ。隙のない動きに加えて、手にキスされたときの指の感触がやたらとゴツゴツしていて、自分とはまるで違うことを思い知らされた。

アイザックのことを思うと、恐怖に震え上がる。

だが、あえて敵地に踏みこもうと思ったのは、どうして彼が、これほどまでに自分を欲しがるのか、不思議だったからだ。

それは、カミーユが属するモンパサ家と関わりがあるのだろうか。自分を通じて、アイザックは派閥間の均衡を変化させるような悪事を企んでいるのだろうか。

──まさか、とは思うけど。

だが、気にはなる。その謎を解かないうちは、落ち着けそうもなかった。

カミーユは今まで生まれ育った家の荷物を片付け、カロリング家に嫁ぐ準備を始めた。期間は一週間だ。ゆっくりしている時間はない。

可愛い弟のオーギュスタンに別れを告げ、侍女全員に別れを告げた。カロリング家に十分な数の侍女がいるから、あくまで身一つで、と言われていたのだ。

だが、いざ明日には嫁ぐ、という前夜、両親が揃って部屋までやってきた。何だかやけに神妙な顔をしていた。

口火を切ったのは、母だ。

「あなたをアイザックに嫁がせるのが良いと、思ってはいたのよ。だけど、時間とともに冷静になったから、お父さまとじっくり話してみたの」

母が生まれるよりずっと前から、両派閥の仲は悪かったそうだ。昔、ちょっとしたいさかいがあって、その対立が今にまで響いているらしい。

「陛下が仲良くせよ、とおっしゃっていることだし、敵対派閥の長であるアイザックが、我がモンパサ家の令嬢を娶るのは、和解の象徴的な出来事となるわ。だけど、いきなりこんな婚儀をしたら、両派閥から強い反発を招くの。なのにどうしてそこまでして、アイザックがあなたを望むのか、その理由が私たちにはどうにもわからなくなったわ」

――私もよ？

カミーユはずっと、そう思っていた。

だが、両親が贈り物に目がくらんで、この結婚を許可したのだ。

ようやく目が覚めた、ということだろうか。

「だったら、結婚は解消する？」

「そうじゃないわ。よく考えて、可愛いカミーユ」

そう言って、母はカミーユの前で屈（かが）みこみ、温かい手でカミーユの手をそっと握りしめた。

「アイザックの意図を考えたら、とてもしっくりする理由があったの。我がモンパサ家は、ドンピエール派の第二の名門よ。領地も広く、豊かな収入もあるわ。だけど、子供はあなたと、年の離れた十歳の弟のオーギュスタンだけなの。うちの爵位と財産は、将来はオーギュスタンが全て受け継ぐことになるわ。だけど、ここで考えてみて」

何を言い出すつもりかと、カミーユは息を呑んだ。

「お父さまが年を取るか、何らかの病気や事故で死んだとするわね。残されたのは、病弱で若いオーギュスタンよ、もしもオーギュスタンが子供を残す前に死んだら、このモンパサ家の爵位と財産は、全てあなたが産んだ男の子が受け継ぐことになる」

「え？　ええ、ああ、そうね」

カミーユは少し考えてから、納得する。

この国では、女性は財産を継ぐことはできない。

父が死に、弟もいなくなったら、このモンパサ家の領地と爵位を継ぐのは、カミーユが産んだ男子だ。

「アイザックはカロリング派の長よ。自分の派閥の力を強くしようとしたなら、敵の派閥の有力な家の領土や財産を乗っ取り、我がものとするのが一番だわ」

その母の言葉を、父が継いだ。

「今、派閥はほぼ釣り合いが取れているが、我がモンパサ家を引きこめば、カロリング派が有利となる」

「だけど待って、お母さま、お父さま。このモンパサ家の財産が目当てだったとしても、そこまで回りくどい計画を抱く？」

「拙速な計画は、往々にして破綻するものなの。まずはあなたを娶り、男の子を産ませた後で、お父さまが弱って死ぬまで、アイザックはじっと待つわ。おそらく、そう長くは待たずにすむわよ。だってお父さまは、飲み過ぎ食べ過ぎで心臓が悪いもの」

母はチラッと父をにらみつけた。

短命だと指摘された父は何か言い返そうと口をもぐもぐさせたが、母は構わずに言葉を継ぐ。

「それから、オーギュスタンを狩りに誘って、人気のないところで落馬させて殺せばいいだけよ。そうすれば、合法的にモンパサ家を乗っ取ることができる」

「それはお母さまの、あくまでも推論よね？　何かの根拠があって、言っているわけじゃないわよね？」

カミーユは慌てて、確認した。

自分は世間知らずだという自覚はある。

だけど、そこまでアイザックが、モンパサ家の領土や財産を狙っているのだろうか。

だがそのとき、父も口を開いた。

「あり得るな。カロリング家の当主が、これほどまでにカミーユを欲しがる理由が、どうしてもわしには納得できないのだ」

それには、カミーユも同感だった。

あえて敵対する派閥の令嬢を娶る理由がない。

父は深々とうなずきながら、言った。

「あのドールハウスは本当に貴重で、喉から手が出るほど欲しかった。だからこそ、それを渡してくれたアイザックに感謝し、それを入手できる手腕に惚れこんだが。考えてみれば、それほどの切れ者というのは怖い」

急に風向きが変わったことに、カミーユは目を白黒させるしかない。

「つまり、どういうことなの？　お父さま、お母さま。それでも、結婚話はなしってことにはならないの？」

「そうだ。結婚話はなしってことにならない」

——ドールハウスが手放せないから？

父はしみじみとカミーユを見つめて、深いため息をついた。苦悩を眉間に刻む。

母も困った顔をしながらも、曖昧な笑みを浮かべた。

「そうね、結婚話は、今さらなしってことにできないの。陛下にも、結婚許可証に署名をいただいたし」

——母様も、貴重な虹色の宝石が手放せないからでしょ？

父の声が響いた。

「安心しろ。嫁ぐのを止めろという話ではない。だが、おまえは賢い娘だ。アイザックの意図を見抜くまでは、念のため警戒しておくに越したことはない」

「そうよ。どんなことがあっても、決して子供を作ることだけは回避しなければならないわ。子供を作ってしまったら、我がモンパサ家の滅びが始まる」

「カロリング派の中にあっても、我が娘だけはドンピエール派の心を持ち続け、そこに打ちこむ楔（くさび）となれ」

「男の子を産んだら、あなたは殺されるかもしれないわ。あなただけじゃなくて、オーギュスタンも。お父さまが死ぬまでは、平穏かもしれないけど」

次々と吹きこまれる物騒な話に、カミーユは混乱した。

「だったら、嫁がなければいいじゃないの！」

だが、口走った途端、父が苦悩に髪を掻（か）きむしった。

「いやいやいや、そこまではする必要がないからな。ただの私たちの、勝手な思いこみかもしれない。陛下も、この婚姻は両派閥の和解の一歩となると、ひどく期待しておられるようだし」

「そうなのよ、結婚を解消するって話じゃないの。ただあなたには、十分に警戒して欲しいってだけの話なの」

「警戒しているとは思うが。何せ相手は、蜘蛛のようなカロリング」

「ろくでもない派閥だわ。悪口に、足の引っ張り合い。そんな中に、可愛いカミーユを嫁がせるのは、本当に心配なんだけど」

母は心から沈痛な表情をした後で、やんわりと続けた。

「それに、あなたとアイザックとの結婚話は、大きく広がっているわ。ここでアイザックと婚約破棄になったら、あなたに原因があると思われる。それこそ、修道院に行くしかないわ」

「修道院は嫌」

なんでそんな話になるのだろうと、カミーユは泣きたくなった。

修道院に入ったら、おしゃれも、楽しいおしゃべりもできなくなる、今までのように、美味しいお菓子も食べられなくなるはずだ。

こんな疑念があるというのに、両親はこの結婚話を白紙に戻すつもりはないようだ。それだけ、ドールハウスと宝飾品の贈り物が心を奪い、世間体も気になるのだろう。

——娘の私より。

そう思うと、カミーユは悲しくなった。

父は重々しくうなずいた。

「とにかく、今、言ったのは念のため、安全のための話だ。母さんがここまで言うからな。アイザックが悪心を抱いていないと確信できたならば、そのかぎりではない。だが、できるだけアイザックとの間に子供を作るな。特に男の子は」

「男の子」

そもそも夫婦になるのに、子供を作らないなんて可能なのだろうか。

しかも、そんなふうに男女を産み分けるなんてことは。

カミーユは男女のそのようなことに関しては、全く無知だ。

母が続けた。

「産み分けはできないわ。だから、とにかく子供を作らないにかぎるの。少なくとも、最初の数年間はね。拒んでいたら、いずれアイザックも愛想を尽かすわ。愛人に手を出すようになる。乱暴されそうになったら、とにかく抵抗するといいわ」

「抵抗……」

「あのアイザックは身体は大きいし、その気になったら簡単に女を組み敷くことができるだろうけど、あなたに向けた目は優しかった」

——そ、そう?

カミーユにはそんな目を向けられた覚えはない。

だが、母はそう思いこんでいるらしく、確信とともに告げた。

「その優しさにつけこむの。子供を作らないためにどうすればいいのか、あなたが嫁ぐ前にみっちりと教えてあげるから」

——嫁ぎはするけど、子供は作らない。

思いがけない難題に、カミーユはゴクリと唾を飲んだ。

そんなことは可能なのだろうか。

考えてもいなかった困難が、この先に待ち受けている気がする。

だがとにかく、モンパサ家は自分で守るしかないのだ。

第三章

その翌日のカミーユとアイザックの婚儀は、あくまで身内だけのものとなった。

まずはモンパサ家の前に、カロリング家の蜘蛛に似た紋章がついた豪華な馬車が停まる。

その馬車からアイザックが下りてきて、カミーユを出迎えた。

婚儀のために、彼は正装を身につけている。黒が基調なのは変わらなかったが、以前に見たものにも増してずっと豪奢な衣装であり、陛下から賜った武勲の勲章がその胸には燦然と輝いていた。

それを出迎えるカミーユも、一人では馬車の乗り降りも困難なほどの豪華な衣装だ。スカートは大きく広がっており、その裾は床に長く伸びている。裾が長ければ長いほど、本人が働かなくてもいい高い身分を示すとされていた。

裾を支える侍女とはここで別れを告げ、カミーユはアイザックに案内されて迎えの馬車に乗りこんだ。これで馬車が小さかったらドレスの膨らみの始末が大変だったが、その配慮は抜かりがないようだ。

広い馬車に向かい合わせに座り、カミーユは向かいのアイザックをチラチラと眺める。

——本当に、アイザックに嫁ぐことになるとは思わなかったわ。

今朝は夜明け前から起き出して、時間をかけて綺麗に可愛らしく装った。なのに、アイザックはカミーユを出迎えたときから無表情だし、チラとカミーユを見てから一度もこちらを見てくれない。

特にカミーユを娶れて嬉しいとか、そんな感情が一切伝わってこない。

そんな姿に、カミーユはじわじわと悲しくなった。

——お母さまはアイザックが私に優しい目を向けていたって言うけど、そんなことはなかったわ。

いくら敵対する派閥の長であっても、カミーユはそれなりに期待もしていたのだ。なのに、婚儀に対する期待がしぼんでいく。

それに、両親や周囲の人間が幼いころからカミーユに吹きこんだ言葉を検証したいという気持ちがあったのに、その気持ちも萎えきった。

——カロリング派の人たちは、全て悪者で卑しくて、残酷って聞いたの。

だけど、そんなことがあり得るだろうか。カロリング派かドンピエール派かに関係なく、どこにでも嫌な人間はいる。ジョゼフがそのいい例だ。

——本当に、……カロリング派の人たちが全員、ひどい人間だとは思えないでいたのよ。

特にその性根が気になるのが、アイザックだ。

彼を見ていると、どこか心が騒ぐ。結婚相手だと意識したせいかもしれないが、何か特別なつながりのようなものを感じるようになっていた。

何か思い出さなければいけないことがあったような気もする。かつて彼に会ったことがあるような。なのに、大切なことを忘れてしまったような。

それに、結局カロリング家に嫁ぐことになるのだからと、開き直る気持ちがあった。宮廷の仕組みとしても、両派閥の仲がいつまでも悪いのでは運営に支障が出る。だからこそ、陛下も国を一つにして発展させようとして、両派閥仲良く、という命令を出しているのではないだろうか。

――だったら、仲良くなるしかないんじゃない？　とは思うんだけど。意地悪されたら、……怖いわ。

カミーユはかさのあるドレスを、上から押しつぶすように手を乗せた。

急遽（きゅうきょ）、結婚が決まったために、ドレスの仕立ても急なものになった。

それでも、精一杯お気に入りの布地を選び、デザインも選び抜いたドレスだ。カミーユのほっそりとした身体の線を生かし、肌に映える色合いの、淡い紫色のドレス、
必死で肌の手入れもしている。社交界デビューのときに次ぐぐらいに、可愛く仕上がっているはずなのに、アイザックはカミーユのほうをろくに見てくれない。

「はぁ」

小さく息を漏らしてふと顔を上げたとき、カミーユはアイザックが慌てたように視線をそらしたのを見た。

──あれ？

ハッとして彼の顔を見直したが、すでにアイザックはそっぽを向いている。だけど、アイザックの視線を無視して窓の外を見ていると、やはりアイザックの視線が、自分に戻っているような気がするのだ。

また視線を向けると、さりげなくそらされてしまうのだが。

──え？　あれ？

ちょっとだけ、気持ちがふわっと浮き立った。

アイザックはカミーユを完全に無視しているのではない。少しは見てくれている。ちゃんと見てくれないのは、照れているからだろうか。

──そんなにシャイだとは思えないけど。お父さまとは、ふてぶてしく交渉したはずだし。

戸惑っているうちに、馬車は停まった。目的地の、王城に隣接した教会に到着したらしい。

あくまでも内々の式であり、招待客は最低限だったが、式のしつらえまで貧相にするつもりはないようだ。

馬車を下りたところから教会の内部に至るまで綺麗に絨毯（じゅうたん）が敷き詰められて、可愛らしい子供がカミーユのドレスの裾を何人かで捧(ささ)げ持ってくれた。他の子は二人が歩くのに合わせて花びらをまき散らす。

その愛らしさに、カミーユはにっこりとした。

教会の内部に入ると、ずらりと絨毯の脇に聖職者が並んでいた。

だが、アイザック側の列席者は一人もいないらしい。

唯一の身内の妹のフランソワーズは領地にいて、式があまりに急に決まったために移動が間に合わなかったと、馬車の中で説明があった。

アイザックの母は産褥(さんじょく)で彼が生まれたときに命を落としており、父は彼が十六のときに落馬が元で亡くなったと聞いている。

――だから、アイザックはこの若さで、カロリング家の家督を継いだんですって。

アイザックはカロリング家だけではなく、カロリング派も率いるという重責も負っている。

それは、いったいどれほど重いのだろう。

アイザックの妻となったら、カミーユは派閥の女性をまとめる責任を負うのかもしれない。

頑張って勤めようという気持ちはあったが、それでも敵対派閥から来たカミーユを、カロリング派の女性たちが温かく迎えてくれるのだろうかと思うと、不安になった。

――怖い、わ……。

それでも、目にする教会の壮大な眺めは、カミーユに希望を与える。目の前にある絢爛豪(けんらんごう)

華な祭壇の前で、カミーユはアイザックと永遠の愛を誓う。可愛らしい子供たちは式の合間にきゃっきゃと遊んでいた。

それを眺めながら、カミーユは気持ちを静めようとした。

——頑張らなきゃ。

式にはカミーユの両親も、揃って列席してくれている。それに、大好きな可愛い弟のオーギュスタンも緊張した顔で並んでいた。

——オーギュスタンは、私が守るわ。遊び歩いていたお母さまの代わりに、私がオーギュスタンを守って育ってきたのだもの。

オーギュスタンは、カミーユとは八歳違いの十歳だ。貴族の子供は、幼いうちは乳母や侍女たちに育てられる。両親が宴だ音楽会だ派閥の集まりだと忙しくしているのをよそに、カミーユは熱を出したオーギュスタンに付き添い、朝まで看病をすることがよくあった。

何度、死にそうに弱ったオーギュスタンの手を握りしめ、神様に助けてくださいと、必死で祈ったかわからない。

——そうよ。オーギュスタンは私が守るの。もしも、アイザックが悪い気持ちを抱いていたとしても、絶対にオーギュスタンは殺させない。

オーギュスタンは天使のような容姿で、色白で線が細かった。この大切な弟は、自分が絶対に守る。アイザックに指一本触れさせない。

最高位の聖職者が挙げる式は、粛々と進んだ。

そろそろ式が終わろうとするそのときに、国王夫妻が姿を現したことにカミーユはびっくりした。

——え……!

カミーユは間近にした二人の神々しさに、目眩を感じながら、膝をついた。

ここまで近くで接したことは、社交界デビューのとき以来だ。

両陛下にはこの結婚を祝し、両派閥が積年の恨みを解消して、仲良くなるきっかけとなれば、という言葉を賜った。

——そうよね。……仲良くしたい気持ちは、私のほうには少しはあるんだけど？

だけど、懸念もある。両親が昨夜、カミーユに伝えた内容だ。

婚儀の式は両陛下の言葉を賜ったことで終了し、その後の祝宴などはないらしい。

カミーユは教会で両親とオーギュスタンに、別れを告げた。オーギュスタンは大きな目に涙をいっぱいに浮かべ、「姉さま、いつ帰ってくるの？」と尋ねた。

オーギュスタンと顔の位置が合う高さに屈みこんだカミーユは、愛しい弟を両手で抱きしめながら、涙声で告げた。

「そうね。いつでもあなたに会いに、帰ってくるわ」

何せ二つの屋敷の距離は、とても近い。歩いても五分もかからない。

だが、両派閥の架け橋となるべく嫁いだ自分が、あまり頻繁に実家に戻ってはいけないだろうという意識もあった。

大好きな弟と別れ、カミーユはカロリング家の馬車に乗りこむ。

これから嫁ぎ先のカロリング家の屋敷に向かうことになる。

王都にある貴族の屋敷は、王城に近い高台の一等地にまとまって建てられていた。

王城からまっすぐ延びる太い馬車道があり、その道の左右に貴族の館が建ち並ぶ。

所領のある貴族は領地に領主館を構えていたが、政治や社交のために、王都に館も必要だった。

長い間の不仲を象徴するように、館の立地場所も派閥によってきっかりと分けられていた。

王城に向かっても馬車道の左側がドンピエール派、右側がカロリング派の館だ。

そしてその屋敷の並びも、序列によって決まっていた。

王城に一番近い位置に、まずドンピエールの館がある。モンパサ家は、隣接する二番目だ。

カロリング家の屋敷は、太い馬車道を隔てたドンピエールの館の向かいにあった。

モンパサ家の館からすれば、はす向かいの位置だ。

だから、そこに向かうカミーユからしてみれば、自宅に戻るのとさして変わらない車窓の風景だ。

――近いわよね。ずっと家の窓から、カロリング家の屋敷が見えていたわ。どっしりとして荘厳な、古風なお屋敷。色は灰色だし、威圧的すぎて牢獄のように見える。

両派閥の気質は、建ち並ぶ屋敷を見てもよくわかる。

ドンピエール側にはこのロンダール王国の名産である白大理石が多用され、クロテール建築と呼ばれる、装飾過剰な華やかな形式の建物ばかりが並ぶ。

対するカロリング側の屋敷は、あくまでも質実剛健な造りだった。

物見の小塔まで備えた、砦形式と呼ばれる堅牢第一の館だ。壁は高く分厚く作られ、いつでも砦として戦えるそうだ。

——だけど今さら王都で、戦いはないでしょ？

ここ百年ばかり、このロンダール王国で戦争は起きてはいない。国境線は時折きな臭く、異民族とのいさかいが起きているようだが、全面戦争になりそうな雰囲気は少なくともカミーユには感じられなかった。王都まで敵軍が攻めてくるとは思えない。

だから、砦形式の屋敷を王都にも作るカロリング派の家々を、ドンピエール派の人々はバカにしていた。

——にしても、住み心地はどうなのかしら？

分厚い門をくぐり、馬車はそのエントランスに停まる。

カミーユは陰鬱さが染みついたような、巨大な建物を見上げた。

白大理石で作られた、華やかなモンパサ邸とはまるで雰囲気が違う。

御者が踏み台を準備するなり、アイザックが大股でさっさと下りていった。

一瞬たりとも自分とは一緒に居たくない、という態度のように思えて、カミーユの胸はぎゅっと痛む。だが、深呼吸して気持ちを取り直して、馬車のドアを押し開いた。

すると、馬車を降りたところでアイザックが待っていて、花嫁衣装を着たカミーユを助けるために、手を差し伸べてくれた。

その態度に、カミーユはキュンときた。

思わずその手を握り、馬車を降りたが、やはりアイザックの顔はやたらと強ばっていた。

――この人、顔立ちが整っているから、真顔でいられるとおっかないのよね。

本人にはその自覚はあるのだろうか。

いつかそのおっかなさを伝えたいと思いながらも、カミーユは手を取られたまま屋敷の入り口へと向かった、敵地に踏みこむような気持ちだ。気を張っていないと足が震えそうになる。

――だって、……敵の、ボスの屋敷なのよ！

屋敷は陰鬱な印象があった。一度踏みこんだら、その分厚い塀や壁に阻まれて、脱出もかなわないかもしれない。

それでも、手を引かれてエントランスに向かわないわけにいかず、カミーユは怯（おび）えながらアイザックを見た。

それでも、アイザックはそんなカミーユに気づいた様子がない。

威圧的な長身に、にこりともしない無愛想なアイザックと並んで歩いているだけで、カミーユは全身が強ばっていくのを感じる。顔も肩にも力が入り続けていて、痛いぐらいだ。

――なんで、少しも笑ってくれないの？

それがたまらなく悲しかった。少しは嬉しい顔をして欲しい。そうでないと、泣きたくなる。

カミーユをエスコートするアイザックの手はとても大きくて、てのひらの皮がとても分厚く感じられた。

その大きな手に握りこまれて力を入れられたら、カミーユの華奢（きゃしゃ）な指など折られてしまうだろう。

――男性の中には、妻に乱暴を働く人がいるんですって。

父が王立裁判所の重要な職務をしていたから、そこでの事件について見聞きする機会があった。

――大丈夫？　この人、乱暴だったりしない？

不安でいっぱいになったとき、ふとアイザックが足を止めた。

指を握りこまれたので、怯えた目を向けると、アイザックが言った。

「ひどく冷たい。そんなにも礼拝堂は寒かったか？」

「そ、……そうよ。寒かったわ」

指先が冷たいだけではなく、全身がぞくぞくと震えている。

カミーユは手首に力を入れて、アイザックの手から自分の手を取り戻そうとした。

だが、彼はひどく力が強く、指は抜けない。

怯えているのを知られたくなくて、カミーユは目に力をこめた。

「離してくださる？」

「中でゆっくり暖まれ」

そんな言葉とともに、手を振り払えないまま、玄関の中へと連れこまれた。

途端に、カミーユは息を呑む。何故なら、入り口の左右にずらりと侍女や侍従が並んでいたからだ。一番手前にいたのが、おそらくこの屋敷の家令だろう。

アイザックが何か言ったのか、すぐにカミーユの背中にふんわりとした上質な毛皮をかけられる。その毛皮の暖かさとともに、カミーユは屋敷のエントランスを見回す。

中は思っていたよりも明るく近代的で、ずらりと居並ぶ人々が笑顔なのに驚いた。

特に柔和な笑みを浮かべた家令が、言ってくれる。

「ようこそ。カミーユさまをお待ちしておりました。何かご不自由がありましたら、ご遠慮なく、何なりと」

その言葉に、ふわりと胸が軽くなった。

この家の人々は、カミーユを歓迎してくれるのだろうか。

――本当に？

半信半疑ながらアイザックを見上げると、彼だけはまるっきり笑顔を浮かべてはいない。

だが、エントランスの皆は笑顔だ。その温度差に、カミーユはパチパチと瞬きする。

アイザックはその鋭い目でカミーユを見ると、口を開いた。

「屋敷を案内しよう」

「ええ」

アイザックの表情からは、花嫁を迎えた男の甘さや嬉しさといったものは全く感じ取れない。むしろ何かに怒っているようにさえ見えた。そのことに、カミーユはまたしてもじわりと落ちこむ。

——やっぱり、アイザックはこの結婚を後悔してるの？　あんな場で婚約破棄を発表したジョゼフを、ちょっとからかうだけのつもりが、こんなことになって？

アイザックの横顔は硬く、口元は固く引き絞られていた。もともと目つきは鋭いのだが、今日はその鋭さがことさら強調されて、にらみつけられているようにさえ思える。

——だったら、なんで結婚したのよ……！

理由が知りたい。そう思ったカミーユは、ハッとした。

——やっぱり、……モンパサ家の財産が目当てなの？

両親から聞いたときには半信半疑だったが、こんなアイザックの顔を見ていると、だんだんとその内容が現実味を帯びていく。

両派閥の関係において、最近よく話題に上がっていたのが、王の補佐をする宰相の後継者についてだった。

宰相になるのは、カロリング家かドンピエール家の当主と決まっている。そのどちらかから、王が選ぶそうだ。

今の宰相はドンピエール家の当主であり、ジョゼフの祖父にあたる。ジョゼフの父は若くして病気で亡くなっているから、ドンピエール家の次の当主はジョゼフだ。

つまり次の宰相となるのは、ジョゼフかアイザックのどちらかということになる。

今の宰相は七十歳を迎え、長いこと床につき、引退がささやかれていた。

当然、どちらが次の宰相として王に指名されるか、という話題があがるのだが、軽薄なところが目立つジョゼフに比べて、アイザックのほうが賢く、国境線沿いの軍事も担当している。

誰の目にも、アイザックのほうが有利だと、薄々感じられるところだ。

もしかして、アイザックは宰相になってから一気に攻勢体制に入り、モンパサ家を取りこんで、派閥のバランスを大きく傾けるのではないだろうか。最終的にはドンピエール派を、完全に潰すつもりなのかもしれない。

完全に、カロリング派が宮廷を乗っ取る。

――まさか、ね。……だけど、あり得ないとは言えないわ。

考えすぎだろうか。だけど、ここはカロリング家の屋敷で、孤立無援の状態なのだ、警戒するに越したことはない。

——だって、侍女の一人も連れてこられなかったのよ！　『こちらで、不自由なくお世話いたしますから』という理由で……！

カミーユは陰鬱な気分で、重すぎるドレスを引きずりながら、屋敷の奥へと入っていく。

途中で舞踏会を開くのにふさわしい大広間の脇を抜けていく形となった。

白い布をかけられ、床に下ろされたシャンデリアや、立派な内装が見える。

ドンピエール派では派閥での舞踏会や晩餐会(ばんさんかい)が盛んだったから、しばらく閉鎖されている様子が不思議になって尋ねてみた。

「こちらでは、舞踏会は開きませんの？」

ふと、アイザックが足を止めた。

二人は廊下を歩いていたが、そこからひょいとのぞけば、大広間の様子がぼんやりと浮かび上がってみえる。

床材には美しいマーブル模様の白大理石が、ふんだんに使われていた。壁を飾る精緻な彫刻も見えた。

王城に匹敵するほどの見事な大広間だ。

掃除は行われていたし、定期的に空気も通されているらしく、かび臭さは感じない。それだけに、この空間が活用されていないのが残念に思えた。

「どうして、舞踏会を開きませんの？」

　重ねて聞くと、ようやくアイザックが口を開いた。

「俺が家を継いでから、舞踏会など一度も開いたことはない。俺が当主を継いだのは、十六のときだ」

　アイザックの声が、広い空間で反響する。

　貴族の女性は、十六歳を超えた年に両陛下に謁見する。そこでお言葉を賜って、社交界デビューするのが通常だ。

　だが男性のほうは、親や兄が仲介すれば、いつでも社交界デビューが可能となる。

　それでも、マナーもわかっていないうちからデビューしたら、不心得ものとして恥をかく。だから、貴族の子息は幼いころから家庭教師をつけられ、身内の年長の男性から社交界のさまざまな決まりや人間関係を教わる。

　そうやって万全の準備を整えた後に社交デビューとなるのだが、デビュー前に両親を亡くしていたアイザックだから、どれだけ不安だっただろうか。まだ右も左もわからないうちに、過酷な社交の場に連れ出されたのかもしれない。

　――だって、十六歳よ……。

　当時の彼のことが気になって、カミーユは尋ねた。

「どんなデビューでしたの？」

「どうもこうも。父なき家を叔父が乗っ取ろうとしていて、それを阻止しようと必死だった。だから、叔父の助力など借りられなかった。どうにか、がむしゃらに肩肘張って頑張るしかなかった」

声は苦笑混じりだったが、全てを乗り越えて達観した男の強靱さが感じられる。

自分がその立場だったら、と考えて、カミーユは身震いした。

——無理……。

だが、このアイザックと今後、相対していかなければならないのだ。

アイザックはゆったりと歩を進めた。ちょっとした階段を上がるときに手が外れ、カミーユはドレスをたくし上げながらその後を追う。

ギャラリーを通りがかると、さまざまな芸術品に混じって代々の肖像画が飾られているのに気づいた。いかめしく、おっかない顔をした当主たちは、アイザックの先祖だろう。どの当主もしかめっ面なことに、カミーユは震え上がった。

——みんな、怖い顔してるのね！

大広間の奥にあったのは、舞踏会や晩餐会などの後に、人々が休憩する空間だ。バーや、パイプをくゆらせる場所となる。

どこの作りもゆったりしていて、しかも内装や調度などがとても素晴らしかったので、この見事な館を活用しないのはもったいないと、率直に思えた。

「これからも、このお屋敷でパーティは開きませんの?」

一番規模が大きな舞踏会は、王城で開かれる。

それぞれの貴族の屋敷でも舞踏会やさまざまな宴が開かれ、ドンピエール派では内部の結束を固める有効な手段として使われる。

この屋敷なら、かなり盛大な舞踏会が開けるだろう。

そう思って言ったのだが、アイザックは軽く首を振った。

「かつては派閥の結束を深めるために、ここで頻繁に宴が開かれていたらしい。しかし、俺はあまりそういうのは好きではないし、片方の派閥だけで集まるというのも、どうかと」

「あら」

カミーユは首を傾(かし)げた。

アイザックは派閥の長としての地位をがっちりと固めた上に、その支配をドンピエール派にも広げようとしているのかもしれないと疑っていた。

だが、そうではないのだろうか。宴を開かずに、どうやってカロリング派の結束を固めているのか。

「そんなにも、異民族退治が忙しいの? あなたが直接、成敗をしに出かけているの?」

海を渡ってやってきた異民族は隣国の人々を追い出して住み着き、このロンダール王国の国境線付近を脅かしていると聞いていた。

世間知らずな質問だったのか、アイザックが口元をほころばせた。

「いや。さすがに俺自らが戦闘に加わることは滅多にない。俺は臆病だからな。俺が当主になってすぐに行ったのは、塹壕(ざんごう)をめぐらせ、砦を増強して、守りを固めることだ。そのおかげで、今は大がかりな戦闘は起こらず、ちょっとした小競り合いですんでいる。異民族はこちらに進出するのを諦め、別の大陸へと移動を始めたそうだ」

カミーユが成長している間にも、ちょくちょく、異民族が攻めてくる、という噂が流れては消えた。国に平和が保たれているのは、アイザックの働きあってのことだろうか。

だが今後、心配がないのか気になった。

「また、戦闘は起きますの？」

「当面は、大丈夫だろう。数年前に、異民族の王と和平の覚え書きを交わした。それが向こうから一方的に、破られないかぎりは」

王都に近いモンパサ侯爵領の領地と、王都の貴族の住むエリアが、カミーユの活動領域の全てだった。

箱入りのカミーユにとって国境沿いはひどく遠く、自分とは無関係なところだと思っていた。

だがカロリング家に嫁いだから、国境沿いが自分の所領となるのだ。

大丈夫だと言われても、敵が存在すると思っただけで心のどこかが緊張する。

だからこそ、アイザックはいつでもこんなに怖い顔をしているのだろうか。

——そうかもしれないわ。とても目が怖いわよね。でも今、ちょっとだけ笑ったんじゃない？

カミーユはアイザックの表情をうかがう。

ちらっとだけ見えたはずの笑みはすでにかき消えていたが、その言葉にカミーユは微笑んだ。

「よかった」

どこまで異民族の王との約束が有効なのかわからないが、和平はないよりもあったほうがいい。

だが、そんなカミーユの表情が気になったのか、アイザックが足を止め、振り返って正面から顔をのぞきこんできたから驚いた。目の前を立ちふさがれたので、カミーユは狼狽しながら、背の高いアイザックを見上げた。

「何ですの？」

「いや。……今日初めて、笑ったなと思って」

その言葉に、ドキッとした。

アイザックが笑わないことのほうにずっと気を取られていたが、カミーユもそうだったのだろうか。

——そうかもしれないわ。めちゃめちゃ、緊張していたもの。

今朝、アイザックの迎えの馬車に乗ったときから、ずっと全身が強ばっていた。頬(ほお)も引きつっていた。

だけど、自分ばかり指摘されるのは不本意だ。

「あなただって、笑わなかったわ」

「そうか？」

アイザックは驚いたように眉を上げたが、それからほんのチラッとだけ、口元をほころばせてくれた。

やけにドキドキする。

アイザックに心を許してはならない。彼は油断ならないし、モンパサ家の財産を狙っているかもしれない。警戒を解いてはならないはずなのに、ドキドキで全身が埋めつくされる。

そんなカミーユをどこか温かい目で見つめながら、アイザックは言った。

「笑うのは苦手でね。いつも顔が怖いと、フランソワーズには注意されている。できるだけ愛想良くしてみたいものだが、あえて笑うと悪人面だと言われる」

フランソワーズとは、アイザックの妹だ。妹にここまで容赦なく、顔面のことを正しく指摘されていることを知って、カミーユは少し楽しくなった。

――しかも、……努力してくれるの？　怖い顔をしないように？

「でしたら一緒に、笑う練習をしてみます？」

すっとそんな言葉が口から出て、カミーユは慌てて口を押さえた。

可愛い弟のオーギュスタンに勉強を教えたり、行儀作法の躾などもしてきた。だからそんな指導の言葉が出たのだったが、相手は弟ではなく、今日、婚儀を挙げたばかりの夫だ。

あわわ、と思って、慌ててその言葉をなかったことにしようとしたが、目の前のアイザックはとても神妙な顔をした。

カミーユが生意気なことを言い出したことに対して、怒りやマイナスの感情は抱いていないようだ。そのことに、まずはホッとした。

「ここでか？」

夕日の中でアイザックに尋ねられて、カミーユは腰に手を当てた。

「ここでよ。使用人がいない場所のほうが、よろしいでしょう？」

声を潜める。アイザックは使用人にとってはどんな主人なのだろうか。

カミーユのドレスの長い裾は、引きずりっぱなしだ。使用人はアイザックに追い払われて、荷物を運びこんでいるところなのかもしれない。

じっと顔を見上げると、アイザックは頑張って微笑もうとしたようだ。だが、笑い慣れていないせいか、頬が強ばって逆におっかない山賊のような顔になる。

そのことにカミーユはギョッとしたが、すぐにおかしくなって笑った。もともと、箸が転がっただけでも面白い年齢なのだ。

「頑張れば！　きっと上手に、微笑まれるようになれますわ」

今日のところは上手にいかなかったが、それでも努力をして欲しくて、カミーユは励ますように言った。アイザックはそんなカミーユを見つめて、声を潜める。

「ああ。努力はしてみよう」

広い屋敷の中を案内されているうちに日は落ち、だんだんと薄暗さを増しつつあった。

先に進む先の空間が薄暗く見えて立ちすくむと、アイザックがカミーユの手をつかんだ。エスコートするわけではなく、そっと手を握ってくる。

そのてのひらの皮膚の分厚さとぬくもりが、カミーユの胸に染みた。アイザックが一緒にいるのならば、この先の暗がりもそう怖くはない。

「部屋を案内しよう」

広い屋敷の奥に、居住スペースがあった。

屋敷は外側からはひどく堅牢で陰鬱に見えたものの、その内側からではかなり印象が異なる。見えてきた内装の素晴らしさに、カミーユは目を見張った。

廊下の壁の装飾の見事さ。絶妙な色合いが続く大理石の床。天井や壁のあちらこちらを飾る絵画。窓の装飾の豪華さ。

しばらく廊下を歩いた先が、カミーユの部屋だそうだ。

ドアが開いた瞬間、カミーユは内装の可愛らしさに目を見張った。

「わあっ」

壁は白大理石と、明るい色の可愛い小花の壁紙と金の装飾で覆われていた。

家具は最新の流行の品で、カミーユが密かに欲しいと願っていたものだ。

「わっ」

特に印象的な渦巻きの足と、珍しい緑の大理石の肘掛けがついた椅子が最高だ。クッションは打ち直したばかりなのか、ふかふかで、壁の壁紙に合わせた小花の柄だ。

椅子についた花模様の愛らしいビスは、ピカピカに磨かれていた。

テーブルには庭で摘んだものらしき花が飾られている。

「素敵ね」

カミーユは部屋の中央まで進んで、アイザックに言う。

外側からは陰鬱に見えた屋敷だが、できるだけ快適に過ごしてもらいたいという歓迎の意思が感じられた。

「それはよかった」

ふかふかの椅子の弾力を、カミーユはてのひらで確かめた。

「嬉しいわ。私ね、こういうテーブルと椅子が欲しかったの」

ウキウキとしながら言うと、アイザックはうなずいた。

「素敵な部屋にしておかないと、すぐそばの実家に逃げ帰られてしまうからな」

窓から意外なほどすぐそばに、モンパサ家の屋敷が見えるのに気づく。

ここからは庭の木々があるから外壁しか見えないが、歩いても五分とかからない距離だ。

「そうね。何かあったら、逃げ帰ろうと思っていたわ」

――だけど、ここなら逃げ帰らずに済みそう?

アイザックのことについてはよくわからないが、何だか歓迎の意図が伝わらないこともない。

お屋敷の人はにこにこして愛想が良く、部屋の内装も好みだ。

問題なのは、子供を作ってはならないと、両親に言い含められていることだ。今日、式を挙げたというのに、このアイザック相手にどこまでそれが通用するだろうか。

侍女がやってきて、アイザックの代わりにいろいろと部屋のことを説明してくれた。

「この後で、お召し替えをしてご夕食を。アイザックさまも、一度お部屋に戻られて、お召し替えをしてくださいۣ」

侍女に言われて、アイザックが部屋から去ろうとする。

着替えて夕食を取ったら、初夜ということになるのだろうか。

不安になった。この部屋にはベッドはない。それを探して視線が泳ぐ。

すると、そんな気持ちを見抜いたように、アイザックが口を開いた。

「大丈夫だ。君が嫌がったり、不安になったりすることは、一切しないつもりだ。この屋敷のものにも、君が居心地よく過ごせるように、心を尽くせと言ってある」

「嫌がったり、不安になったりすること」の中に、初夜の行為は含まれているのだろうか。

性的なことについては、口にすることはできない。カミーユはぎゅっと手を握って、すがるようにアイザックを見た。

「本当ね?」

カミーユに一応は優しくしてくれているようだが、彼は女性の扱いに関して、ぎこちないところがある。重い花嫁衣装のまま、裾も侍女に持たせずに屋敷内を歩かせることとか、なかなか笑顔を見せてくれなかったこととか。

閨でも、彼は自分に配慮してくれるだろうか。

決してアイザックの子を孕んではならない。そのためには、挿入を阻むしかないと、母に図解でしっかり説明されていた。

「もちろんだ」

アイザックは当然だというようにうなずいた。

だから、その言葉にすがるしかなかったのだけれど。


――なのに、これは、……ううううう、……嘘つきじゃない?

カミーユは現在の自分の状況に困惑しきっていた。

いるのは、カロリング家の屋敷内の、カミーユの寝室だ。

さきほど案内されたのは、二間続きのカミーユの部屋の入ってすぐの部屋のほうだった。その奥には、素敵なレースの天蓋つきのベッドが置かれた寝室があった。

アイザックと一緒に夕食をとった後、一度は別れた。

カミーユは湯浴み（ゆあ）の後で、十分にリラックスしながら髪と肌を綺麗に手入れされ、その寝室のベッドに入った。

色っぽい夜着を着せかけられはしたが、アイザックが自分の寝室を訪れるという合図は何もなかったはずだ。

——だから、初夜はないと、思っていたのに。

何よりアイザックが『君が嫌がることはしない』と言ってくれたから、自分が承諾しなければないものだと思いこんだ。

一人で眠るには、天蓋の四隅の闇が恐ろしく感じられるほど大きなベッドだ。

知らない古い屋敷には独特の雰囲気があったから、一人で眠るのは少し怖いと思っていた。

——それでも眠いわ。もう寝ちゃおう。……何も起こりませんように。

すごく早起きもしたし、緊張もしたし、重い衣装によって肉体的にもひどく疲れていた。だから、目を閉じたら、すぐに眠りに落ちた。

その眠りを破られ、こんなふうに押し倒されて目が覚めるとは思っていなかった。

「憤慨した顔をされているけど、今日は初夜だが？」

天蓋付きのベッドの内側。天蓋の布が一部めくれあがっていて、そこから外のランプ掛けにかかったランプの光が入ってくる。

かなり薄暗い光だったが、眠っていたカミーユの目にはまがまがしいぐらい、アイザックの濡れた緑の目に、その光が反射しているところまで見えた。

もともと端正な顔が、その陰影によって魅力を増している。

「だけど、……嫌がることはしないって……」

カミーユの反論に、さも意外だというように、アイザックは言い返した。

「貴族の男女が結婚したら、子を成すことが一番に望まれる。となれば、子を仕込む行為は不可避だ」

これは、夫婦として当然の行為だ。嫌とか、嫌ではないといった問題ではない。義務だ。そんなふうに、アイザックは言いたいのだろう。

だが、カミーユとしては裏切られたような思いがあった。

――そう、……なんだけど！　だけど、……今回は普通じゃない事情があるのよ！

子を成したら、モンパサ家の父と弟に生命の危機が訪れる可能性があった。そのような危険が絶対にないとわかるまでは、カミーユはこの身を盾にして、弟を守る必要がある。父はドールハウスで買収されたのだから、自業自得だが。

「だだだだ、だけど、望まないことはしないって、……おっしゃったのは、……嘘でしたの？」

じわりと目に涙が浮かんだ。

わざとではなかったが、その表情にアイザックは明らかにたじろいだみたいだった。

初夜のことは、母に絵で詳しく解説されたこともあって、どんなことが成されるのか、だいたい把握していた。

――女性のあそこに、……男性器を入れて、……その、……射精されたら、孕むって。……だけど、それにはタイミングがあって、一回目で孕む場合と、いくらしても孕まない場合があるんだって。いつ子供ができるのかは、神様の思し召しらしいわ。

その行為は、二人で裸で行うそうだ。

そもそもアイザックに裸を見せると考えただけで、カミーユは恐怖と不安に固まってしまう。それに加えて、股に人体の一部を入れられるなんて、考えただけでも怖気が立つ。世の中の夫婦は、本当にそんなことをしているのだろうか。

「ダメよ。絶対に、……ダメ」

押し倒されて身体を組み敷かれながらも、必死で膝で蹴って逃れようとするカミーユなど、アイザックは簡単に押さえこめるようだ。

だが、ここまで強固な拒絶を示されるとは思っていなかったのか、アイザックは困惑しきったように言ってきた。

「望まないことはしない。だが、本当に望まないかどうか、少し試させてはもらえないか」

「たたたた、試す？　試すって、どういうことなの？」

夜着越しに、たくましいアイザックの手足の感触が伝わってくる。分厚い胸板に、硬い筋肉。夫婦になるというのが、こんなふうに生々しい接触を伴うのだとは思っていなかった。

アイザックはカミーユを落ち着かせようとするかのようにそっと頬をてのひらで包みこんだ。

「痛いことは、絶対にしない。それは、安心してくれ。力を抜いて、身を任せてくれれば、少しずつ悦くなる……はずだ」

——悦くなる……？

これから始まるのは、怖くて痛いだけの行為ではなかったのだろうか。

——だって、……あんなところに、あんなものを入れるって……！

恐怖でガチガチになった身体から、力がまるで抜けない。

だが、今日からカミーユはアイザックの妻となった。無理やり初夜の行為をされるのではなく、こんなふうに譲歩してくれるだけでもありがたいのかもしれない。

——だって、力ではまるで、かなわないのだもの。

どしりと体重をかけられてしまうと、カミーユはその身体を押し返すことすらままならない。

手首を両方つかまれてしまうと、起き上がることもかなわないのだ。

だからせめて、痛くないと言っていた言葉を信じたくて、カミーユはいっぱいに涙がたまった目を、アイザックに向けた。

「本当ですの？」

「本当だ」

「だけど、怖い……」

瞬きとともに、ついに涙が目の縁からあふれて頬を伝う。

そんなカミーユの表情に、アイザックは眉を寄せた。

「怖いのは、何に対してだ？」

「何もかもよ……！」

カミーユは反射的に伝える。

この際だから、全部伝えておいたほうがいい。

「あなたも……怖いし、……怖すぎるし、それに、この寝室で一人でいるのも怖いの」

「寝室が？」

何が怖いのかわからないとばかりに、アイザックは天蓋内を見回した。四隅に闇が滞っている。天蓋付きのベッドの外側も、真っ暗だ。

強い風が吹くたびに少し窓がガタガタして、カミーユはそんな物音にも怯えてしまう。

「何より、……あなたがこれからしようとしていることが、……怖いの」

言葉とともに、じわじわと涙があふれて止まらなくなる。

まだアイザックのことを信頼できない。そんな相手とあのような行為をしなければならないなんて、理不尽だ。

「一番怖いのは、子供を……作ることよ……」

アイザックはその言葉に驚いたように動きを止めた。

「どうして……?」

「だって子供を産むときに、命を落とすかもしれないもの」

それは母から吹きこまれた言葉だった。

子供を作ることを拒むためには、こんなふうに言えばいいと教えられていた。

産褥で死ぬ女性は多い。アイザックの母も、それで生命を落としたと聞いた。その危険は、いつも出産と隣り合わせにある。

モンパサ家としての懸念は、もっと別のところにあったのだが。

「そうか」

小さくアイザックは息を吐いた。少しだけ、目つきが和らいでいるように見えた。カミーユの頬から髪に手を移し、そっと撫でながら言った。

「ならば、まだ子を成すまでのことはしない。約束する。だから、ただこの身体を愛でさせてはくれないか」

「子を成さないの？　本当に？」

その言葉に心からホッとしたが、だったら他に何をするというのだろうか。

挿入のことについてしか説明を受けていなかったカミーユは、呆然とアイザックを見た。

アイザックはその深い緑の目でカミーユを見つめながら、かすれた低い声を漏らした。

「ああ。いつでも、つらくなったら制止してくれ。その要求には応じる」

そんな言葉と同時に、アイザックの口づけが降ってきた。仰向けにベッドに押し倒されていたカミーユは、初めての口づけに硬直する。婚儀の式の最中にも、唇と唇でのキスはしていない。神の前で永遠の愛を誓い、書面に署名しただけだ。

だからこそ、初めてのキスは衝撃的だった。

唇の表面からぞくぞくとした痺れが全身に広がり、どこにどう力を入れていいのかわからなくなる。アイザックの唇の感触は頼りなくて、その柔らかさと体温を伴った不思議な弾力に戸惑うばかりだ。

唇は食べることにしか使ったことがない。その口と口を触れ合わせ、ただ触れ合わせるだけの行為をどう受け止めていいのかわからなくて、カミーユはギュッと目を閉じる。

「ふっ」

アイザックに覆い被さられ、腰を両足でまたがれている。その身体の重みを全部受け止めたらこんなものではないだろうから、少しは軽減してくれているのだろう。

何度も唇をふさがれ、ざわざわとした痺れで全身が覆われたようになって、カミーユは身じろいだ。

息苦しさに顔を背けようとすると、アイザックが一度唇を解放してくれた。だが、カミーユの息が整うなり、またキスしようと顔を寄せてくるから、呼吸が奪われる苦しさに怯える。

すると、アイザックが目をのぞきこんで言った。

「鼻で息をすればいい。キスをするときには」

——鼻で……？

よく把握できないうちに、また唇がふさがれた。唇と唇が触れ合う感覚が、だんだんと甘さを伴うように思えてきて、そこに意識が集中していく。

唇を合わされるたびに、ざわりと広がるのは甘さだ。何より顔を寄せられ、唇をついばまれているさまが、アイザックに慈しまれているような錯覚を呼び起こす。

誰もカミーユに、このようなキスをした人はいない。ちゅ、ちゅっと小刻みにキスされて、大切にされているような感覚が不思議と湧き上がる。

「んっ……んっ」

言われたように鼻で呼吸しようとしたら、唇も連動して開いたらしい。

その口の中にアイザックの舌が滑りこんできて、カミーユはビックリした。舌と舌をからめられ、生々しすぎる感覚に耐えきれずに、カミーユは首を背けた。

そうすると、無理やり唇は奪われない。

だが、さらけ出された顔の側面にアイザックの唇が落ちていった。

「……っ」

耳の後ろに舌を這わされて、ぞくぞくと甘ったるい痺れが広がる。

その舌の動きに合わせて、奇妙な感覚が掻き立てられる。その生々しさに、なおも鼓動がせり上がっていく。

これ以上耳の後ろを舐められたら、耐えられない。

そう思ったとき、アイザックの唇は首の後ろから首筋へと移動していった。

敏感な首の皮膚のあちらこちらを舐められる感覚にびくびくと反応している間に、アイザックの大きな手は器用にカミーユの夜着を乱した。前を合わせていた紐がほどかれ、胸のあたりがさらけ出される。

ベッドの中を照らすのは、天蓋布の隙間から漏れるランプの灯り一つだったが、それでも身体を見られるのは落ち着かない。カミーユはギュッと目を閉じた。

胸の膨らみが大きなてのひらで包みこまれるのと同時に、鎖骨のあたりに唇を押しつけられた。鎖骨を舐められるのに合わせて、胸を壊れもののように柔らかく揉まれる。

二カ所からの感覚が混じり合って、胸を舐められているような錯覚すら覚えた。

じっとしていられないような惑乱を覚えたそのとき、胸のてっぺんを吸い上げられた。

いつの間にか、アイザックの唇がそこに移動していた。

「っぁ、あああ！」

びくん、と大きく身体が反り返る。びっくりするほど甘い感覚が全身を貫いていた。今のは何かと、焦ってアイザックを見上げる。彼はそこから唇を離して、かすかに微笑んだ。

その艶っぽい笑顔に、ゾクッとした。目がランプの光を跳ね返し、肉食の獣のように見える。この獣に、自分の柔らかな肉を食べられていくようだ。

混乱している間に、アイザックはカミーユの胸の膨らみに再び唇を落とした。

「っあ！　……っん、……っ」

先ほどよりもより鮮烈に、快感だけに特化したような刺激が背筋を駆け抜けた。乳首は自分でも驚くほど敏感で、アイザックの唇が触れただけでも身もだえしそうなほどの甘さを呼び起こす。

びくんと身体も大きく跳ね上がったから、ここはとても敏感だと、アイザックにも伝わってしまったことだろう。

「痛くはないだろ。……わかるね。ここは、気持ちがいいところ」

言い聞かせるような言葉の後で、アイザックはそこのてっぺんの突起をぬるぬると舐めた。

刺激を受けて、乳首はビックリするほど固く尖(とが)っていた。舐め溶かすように舌を使われて、そのたびに快感が流しこまれてくる。カミーユはどうしていいのか、わからなくなった。

「っあ、……あ、……あ、あ、……っ」

ぎゅっと拳を握りしめたが、それでは我慢しきれなくて勝手に身体が反応する。猛烈に恥ずかしい。

だが、制止の言葉すら出せないほど、初めての快感に全てを奪われていた。

右の乳首を舐め溶かしながら、アイザックの手がもう片方の乳房にも伸びていく。その先端の乳首を指先でとらえられる。尖った部分を、指の腹で擦り合わされただけで、カミーユはつま先をベッドに擦りつけた。

「……っんぁ、……っあ、あ」

ぞくっと鳥肌立つような快感が広がったからだ。

触れられているだけなのに、どうしてこんなふうになるのかわからない。左右の乳首からの快感が混じり合い、濃厚なものへと変化する。

「っんっ！　……んぁ、……あ、あ……っ！」

どんどん体内に蓄積されていく疼（うず）きに耐えきれなくなって、カミーユは涙目でアイザックを見上げた。

これ以上はやめてもらいたい。

そう口走ろうとしたのだが、カミーユの反応を探るように顔を上げたアイザックの端正さに目を奪われる。

端整な陰影が際立ち、狩りをする獣のように目がランプの光を弾いていた。

「感じる？」

尋ねられて、嘘は言えない。カミーユは恥じらいながらうなずくしかない。

乳首をいじられる衝撃は、今まで味わったことのないものだ。それは、感じる、という言葉がしっくりくる気がした。

すると、アイザックは言葉を続けた。

「感じるのは、悪いことじゃない。たっぷり、感じてくれ」

――悪い……ことじゃ、……ない？

その言葉を咀嚼できずにいるうちに、アイザックの顔がまた胸へと落ちていく。

今まで指でいじっていた乳首の先端に、アイザックの舌が触れた。硬く尖ったその先端を、舌先で丹念に転がされる。

そうしながらも、ずっと舐められていた左側の乳首を優しく指でつままれた。きゅっと柔らかく圧迫されるたびに、ジンジンと下肢が疼いた。

――これが、……感じる……？

何だか落ち着かない。自分の身体が真ん中から溶けていくような感覚がある。それに、じわじわと足の間が濡れていくような感覚があった。これは、いったい何なのだろうか。

乳首への刺激はあらがいようがないほど長く続いた。

舌を小刻みに動かされ、先端を執拗なほど舐められたかと思えば、その周囲の色づいた部分だけを舌先でなぞられる。敏感になりすぎた乳首はその周囲をなぞられただけでも感じて、ジンジンと疼き続ける。

またその中心を刺激して欲しい、という欲求が募ったところで、アイザックにその中心を噛まれた。軽く歯を立てられて、その快感にあえぐ。

「ツン、……ん、……んン……」

声がひどく甘ったるいものへと変化していた。

乳首に歯を立てられ、軽く吸われるたびに、とろけるような感覚に全身が包まれる。

歯を立てられてはいたが、それは甘噛みに近かった。だが、甘ったるさばかりを詰めこまれた乳首で感じる硬質の刺激に、身体が跳ね上がる。

反対側の乳首に軽く爪を立てられるのにも、ひどく感じた。ただ甘く舐め溶かされるだけとは違って、しっかりとした刺激がたまらない。

だんだんと頭がぼうっとしてきた。

こんなふうに他人に身体をいじられて、気持ちよくなるという経験は今までになかった。

これが、夫婦の秘めごとなのだろうか。

「は、……は、……は……っ」

彼に胸をさらし、気持ちよさそうな顔をしている自分を時折自覚して、恥ずかしくていたたまれなくなる。なのに、与えられる刺激が気持ちよすぎて、逃れられない。

——だけど、……何だか、変よ？

ひたすら胸を愛撫(あいぶ)されたことで、そこからの快感が下半身に集積された感じがある。

足の間がひどく疼き、ムズムズした。

意識せずにいられなくなって、無意識に内腿(うちもも)を擦り合わせていると、アイザックが不意にその膝に触れた。

「こっちにも、触っていいか？」

足の間の違和感の正体が知りたくて、カミーユはうなずいた。

膝をつかまれ、ぐいっと足を開かれた。アイザックの手が太腿の内側に移動していく。その手がどこに触れようとしているのかを理解した瞬間、カミーユは慌てて足を閉じようとした。

「ダメ……っ、……なの……」

何だか、そこで自分でもよくわからない異変が起きている。粗相をしてしまったのかもしれない。それをアイザックに知られたら、恥ずかしくて死んでしまう。

——それに、お母さまに聞いたわ。ここで、……つながるんだって。

アイザックがカミーユを娶ったのは、モンパサ家の血を継ぐ子供を作って、その家を乗っ取るためかもしれない。だから、アイザックの意図がわかるまでは絶対に男性器の挿入を許してはならない。

母からは、そう教えられていた。

「ダメ？　やっぱり、まだ怖いか」

アイザックは無理やり足を開かせることはせず、困惑したような苦笑を浮かべた。

怖さもあったが、それよりもカミーユの頭を占めていたのは、大切な弟のオーギュストを守ることだ。だが、その本心を知られるわけにはいかない。

だから、ぎゅっと両方の太腿を力をこめてこじ合わせながら、必死で言った。

「……ここは、……ダメよ」

『君が嫌がることはしない』と言ったアイザックの言葉だけが頼りだ。圧倒的な腕力の差がある。

アイザックは少し考えてから、提案してきた。

「触れるだけだと、約束しよう」

「え？」

「怖いのだろう？　だから、入れたりしない。ただ、指と舌で君の大切なところを可愛がるだけなら、許してくれるか？」

——指と舌で、……可愛がる？

その提案に、勝手に身体が熱くなった。

乳首を指と舌で可愛がられることを、体験してしまった後だ。

それによって、すごく感じた。だから、下肢のこの部分も指と舌で可愛がられたら、さぞかし気持ちがいいことだろう。

背徳的な誘惑が、尾てい骨のあたりから這い上がってくる。

——お母さまが禁じたのは、『男性器』を入れさせること。入れて『射精』させたら、子供ができるんですって……。

挿入を禁じられたのは、男性器だ。指や舌ではない。

だけど、その部分を舐められると考えただけで、身体がすくみあがった。

そんな破廉恥なことをされるのは、到底耐えられそうもない。

「だ、……ダメ……よ」

「ダメなのは、どうして」

まっすぐ見つめられたので、必死になって理由を告げた。

「だ、……だって、……恥ずかしい……もの」

消え入りそうな声で言うと、アイザックはかすかに笑った。

「だったら、今夜はずっとここばかりいじっていようか」

カミーユの胸に手が戻され、もみくちゃにされる。ひたすら乳首に送りこまれる乳首の刺激に、気が遠くなる。

こんなにも感じるところを、これ以上いじられるのは耐えられない。

くりくりと絶え間なく乳首を指で転がされる刺激にびくびく震えながら、必死になって声を押し出した。

「それも、ダメ……っ」

「だったら、下に触れるのを許してくれる？」

「ん」

反射的にカミーユはうなずいた。

だけど、慌てて言葉を継ぐ。

「指だけ、よ」

息も絶え絶えだった。

ようやくアイザックの手は乳首から離れていったが、カミーユがこじ合わせた両膝の間を開かせようとはせず、膝を胸に押しつけて、身体を二つ折りにしてくる。

アイザックの指が足の付け根をなぞった。

足を閉じただけでは、その指の侵入を拒めそうにない。その花弁の合わせ目に、指先を添えられて、なぞられていく。

「っあ……！」

乳首を刺激されるのとは違う、強烈な甘い刺激に腰が跳ね上がった。

そこは他人に触れさせてはならない、禁忌の場所だ。幼いころに、乳母にそう教えこまれた。

結婚する相手にしか、許してはいけない、と。

だが、そこを指で上下になぞられる甘い快感に、全ての感覚が奪われる。

ぎゅっと目を閉じてその強烈な刺激を必死で受け流そうとしていると、言われた。

「濡れてるね」

――濡れてる？

その意味はわかる。そこはやけにぬるぬるとしているのだ。粗相をしてしまったのかと思ったのだが、それよりもぬめった感触は初めてのものだ。

「っあ、……あ、あ……っ」

指がうごめくたびにもたらされるあまりの刺激の強さに、カミーユは震え上がった。

これはいったい、何なのだろう。

なんでそこが、ぐちゃぐちゃに濡れているのかもわからない。

混乱と甘すぎる刺激に泣きだしそうになっていると、アイザックにささやかれた。

「怖くないから」

その秘めた声の響きが、何か特別な夫婦の営みをしているのだとカミーユに思わせる。

ひどく淫らで、恥ずかしいこと。そのくせ、とても甘くてぞくぞくする秘密のこと。

指は濡れた部分を、なおも優しく上下になぞった。

刺激が強すぎて足に力をこめると、指先が挟まれてぎゅうと中に沈みこむ。その指があるところからもたらされる甘さが、カミーユの意識をあっという間に快感で塗りつぶした。

指がうごめくたびに、次から次へと何かがあふれてくる。そのべとつくものを、ひたすら指で塗りこめられる。

「ん、ん、ん……っ」

指でなぞられている部分が、より熱く感じられた。ひく、ひくっと、そこが勝手にうごめき始めた。

——やめて欲しいのに……。

だけど、気持ちがいい。このまま、ずっとこれを続けてもらいたい。

そのとき、何もかも見抜いたように、アイザックがささやいた。

「指を入れても、……いいか」

「指……？」

アイザックの指は濡れた狭間（はざま）を上下にぬるぬるとなぞるだけだ。

その指を体内に入れられるのを想像しただけで、身体がすくみあがった。

体格が立派なアイザックは、指までも太い。なのに、ぞくっと身体が甘く痺れた。

——だめ……っ！

そう伝えようとしたはずなのに、気づけば欲望に流されて小さくうなずいていた。

感謝を伝えるように、アイザックがカミーユの膝に唇を押し当てた。

その優しいしぐさに、ドキッとした。

鼓動が落ち着く間もなく、花弁に押し当てられていた指が、ぐっと中に突きたてられた。

「っぁあああ！　あっ、やっ……入って……」

その太い指で、初めて奥まで道をつけられる。独特な強い痺れが、身体を貫く。

「……ン、ン…っ」

入っているのは指一本だけなのに、身体をもっと大きなもので占領されてしまった感覚があった。

侵入を拒もうと、中に力が入る。だが、ぬるぬるに濡れた襞は拒むことができない。

「っ、……っぁあああ……っ！」

そのどこかで、びくっと身体が大きく跳ね上がった。

きつく力をこめたまま、腰をガクガクと振ってしまう。

「ここ、気持ちいいか」

アイザックの太い指が、再びそこをなぞった。

「つきゃ、ぁっ！」

腰の奥で何か切羽つまったような感覚が生まれる。

なぞられるたびに、腰が勝手に跳ね上がってしまう。

「なに……っ、や、や、や、や……っ」

指が中で円を描くように動いただけで、狂おしい悦楽が背筋を這い上がった。

その悦楽が腰全体を包みこみ、大きく腰が跳ね上がる。

その太い指をくわえこんだまま、全身が硬直する。かつてないほどの快感が、腰の奥で爆発した。

「――っ……!」

どんな声を出して、最後の瞬間を迎えたのかわからない。

しばらくはまともに声も出せず、頭が真っ白だった。

気づいたときには、アイザックの腕の中で、カミーユは精根尽き果てたようにぐったりしていた。

自分に何が起きたのだろうか。

アイザックに尋ねようとしたが、初めての余韻が気持ち良くてまぶたが重い。

自然と目を閉じ、ぐったりとしている間に、意識が遠ざかっていた。


――あれが、夫婦の交わりなの……? 違うわよね。お母さまが言っていたのは、あそこに『男性器』を入れることであって……。

夜中にふと、カミーユは目覚めて自問した。

見慣れないベッドの天蓋に混乱し、ここはどこ？ と焦ったものの、自分を抱きこんで眠るアイザックのたくましい肉体の感触に、結婚したのだと思い出した。

寝返りが打てないことをちょっと窮屈に思いながらも、アイザックのぬくもりが気持ち良くて、そのまま朝まで眠ったのだ。

再び目覚めたのは、侍女が部屋に朝の身支度のための道具を運びこんでくる気配に気づいたときだ。

「お目覚めですか」

柔らかく声を掛けられる。

寝坊したかと思って、カミーユは焦った。起き上がり、目を擦る。

「起きるわ」

寝起きのかすれた声で答えると、侍女からの返事があった。

「ご当主さまから、朝はゆっくり眠っていい、とのことです。起きられるのでしたら、お手伝いいたしますが、もう少しお眠りになりたいのでしたら、そのまま」

身体がだるくてこのままバッタリとベッドに倒れ伏したかったが、どうしようかとカミーユは考えた。

だが、夫婦になったばかりのアイザックのことが気になる。夜中、ふと目覚めたときにはまだこのベッドにいたのに、いつ部屋に戻ったのだろうか。

「アイザックさまは、どうされているの？」

「ほぼ毎日、お忙しく王城に向かわれますから、今はご朝食を――」

「私も行くわ！」

何だかアイザックと一緒に朝食を取りたい気分になった。カミーユは急いで、ベッドから下りた。

アイザックが朝食を終えないうちにと、大急ぎで洗顔や朝の支度をすませてもらい、屋敷用のドレスに着替えて、急いで食堂に向かう。

朝の光の中で眺めたカロリング家の内装は、昨日とは少し雰囲気が違っていた。ひどく古い屋敷ではあるようだが、掃除は行き届いている。床の色大理石のモザイク模様や、壁の石材との組み合わせが見事だ。

――それに、ここにいる人たちの雰囲気も、とてもいいわ。

下働きのものたちは、主人や女主人の前には姿を現さないのが礼儀だ。だから、カミーユを見て挨拶をするのは、ある地位から上の使用人にかぎられてはいるようだが、皆がことさらにこやかに挨拶してくれた。

その態度に、カミーユは心が少しずつ軽くなっていくのを感じる。

――だって、カロリング派の当主の家に、敵対する派閥の娘が嫁いだら、虐（いじ）められるかもしれないって思っていたんだもの。

だが、今のところ、その気配はない。

気になるのは、アイザックの妹のフランソワーズだ。彼女がどんな性格なのかわからない。いつ姿を見せるのだろうか。

だが、そもそもどうしてこの二つの派閥が、ここまで仲が悪いのかがわからない。昔の因縁、とは聞いていたが、それが今に至るまで、影響を及ぼすものなのか。

そんなことを考えている間に、食堂に到着した。

そこはひどく広く、窓に近い一角に細長いテーブルが据えつけられている。

こちらに背を向けたアイザックが着席していた。

その姿を見ただけで昨夜のことが鮮明に蘇り、カミーユは一瞬、立ちすくんだ。

だが、あんなことをしたせいで、彼を少しだけ近く感じている。

――だって、アイザックの指が、私の中に入ったのよ？

あのような快感を覚えたことはない。

思い出しただけで、身体が落ち着かなくなる。

アイザックの正面にあたる席まで、侍従が案内してくれた。

着席すると、アイザックは組んでいた腕をほどき、カミーユを見た。

アイザックは組み合わせた指の上にあごを乗せて、カミーユを待っていてくれたようだ。先に食事もしていないのか、カミーユの着席を待って、二人分の食事が次々と運ばれてくる。

彼はいつもより軽装だ。

それでも背筋がまっすぐ伸びており、たくましい身体のラインが長衣の上からも見てとれる。

その裸の肌に、昨夜は直接触れたのだ。

狼のような鋭い目つきも魅力的だったが、今日はその表情がどこか和らいでみえた。

「よく眠れたか」

言われて、カミーユはうなずく。

アイザックはその返事に眼差しを和らげ、言葉を継いだ。

「身体が、どこか、……痛んだりはしていないか」

そんな具体的な質問に、カミーユはじわっと赤くなった。

アイザックと向かい合って座っているテーブルは、両腕を大きく開いたぐらいの幅だ。窓を向く側にアイザックが座っている。

あんなふうにそっと触れてきたくせに、カミーユの身体に何か問題があるとでも思っているのだろうか。

入ったのは指だけだ。だが、その指が入ってきた途端、どれだけ甘い衝撃が全身を駆け抜けたのかが忘れられない。

——それに、着替えのときに。

昨夜、執拗にいじられた乳首が、赤くなって敏感になったままだった。

だけど、それくらいは大した問題ではない。

あれくらいで壊れると考えているのかと思うと、少しおかしくなった。

「アイザックさまは、私のことを、お菓子とでも？」

「ん？」

「とても、繊細なお菓子のように扱ってくださったわ」

強くつかむと、ぼろりと形を崩してしまう柔らかな焼き菓子。

それを食べるときのように、触れられた。

カミーユの言葉に、アイザックは愉快そうに口元をほころばせた。

「それくらい、美味しかったからな」

さらりと言い返され、カミーユは真っ赤になって絶句した。

ちょっと言ってやったつもりが、アイザックのほうが一枚上手だ。恥ずかしさに、何も言えなくなる。

——だけど、美味しかった、ですって……。

おかげで彼の舌の動きを思い出し、じわじわと身体が熱くなる。

そんなカミーユを愛おしむように、アイザックが目を細めた。

その表情に、カミーユは釘付け(くぎづ)けになった。

——だって、婚儀の最中は違ったわ。

ひたすら無表情でいられて、嫌われているとばかり思って悲しくなった。それだけに、少しでもその表情が柔らかな方向に傾くと、そのギャップが凄い。

——……可愛いわ。無骨な男の笑みは、貴重……。

そんなふうに思いながら、アイザックのわずかな感情の変化を愛でる。

とくん、とくんと、鼓動が鳴った。

もう少し見ていたかったのに、すぐにアイザックはすうっと無表情に戻ってしまう。自分では笑ったことさえ、意識していないのかもしれない。

だけど、また笑ったり、口元をほころばせるところを見せて欲しい。

——だって、すごく可愛かったもの。

少しずつ、心が軽くなっていく。自分はアイザックに嫌われていないのかもしれない。

できれば、仲良くしたい。ドンピエール派とカロリング派は、犬猿の仲ではあったけれど。

そんな中で、テーブルに次々と並べられた朝食にカミーユは視線を落とした。

そこにあったのは、カミーユの大好物ばかりだ。

焼いたばかりのふかふかの丸パンに、炙った塩漬けの豚肉。それに、カミーユの大好きな、緑色の豆のポタージュスープ。

それが、カロリング家の家紋が記された深さのある厚皿にたっぷりと注がれている。

貴族は肉食ばかりであまり野菜を食べないものだが、カミーユは乳母の家に預けられたときに出された、この豆のスープが大好きだった。

だからモンパサ家での朝食にも、必ずこれを出してもらっていたのだ。

このスープがないと一日が始まらないほどだったが、それと同じものがテーブルに置かれていることに感動する。

——これも、事前に調べてあったの？

アイザックのカミーユの両親への贈り物は、その心を奪うものだった。それと同じ調査が、自分にも向けられていたのかもしれないと思うと、その抜け目のなさに緊張する。

探るように視線を向けると、目が合った。

「これはどういうこと？」

「何がだ？」

特に豆のスープと指摘はしなかったが、じっと見ていると心当たりがあったのか、アイザックが苦笑した。

「それが、好きだと聞いたからな。モンパサ侯爵家のレシピまでは入手できなかったから、口に合うかはわからんが」

——レシピまでは、調べてないのね？

周到なのか、それとも最後が抜けているのかわからない気持ちになりながらも、カミーユはスープをすくって口に運んだ。

口に合わなかったら、今日にでもモンパサ家に戻ってレシピを入手しよう。そんなふうに思っていたのだが、味わった瞬間に絶句した。

「え」

びっくりな美味しさだった。

モンパサ家のスープは完全に漉して、口当たりをなめらかにしてある。だが、カロリング家で出されたものは少し豆の感触を残してあった。それが逆にアクセントになって、豆のうまみと滋養が感じられた。

それに、生クリームを入れていないのか、素朴な感じが美味しい。

「これも、いいわね」

呆然としながら伝えると、アイザックは少し照れたようにまぶたを伏せた。

「それはよかった。俺の、……乳母の味だ」

その口元がかすかにほころんでいる。カミーユはその変化を見逃さない。

――やっぱり可愛い。

すぐにすまし顔に戻ってしまうのが惜しくもあるのだが、発見するたびに胸が騒ぐ。

乳母の味、ということは、アイザックにとっても豆のスープは思い出の味、ということなのだろうか。

あえてモンパサ家のレシピ通りのスープではなくてこれを出したというのは、自分の知っている味も賞味してもらいたいという気持ちの表れなのか。

——まぁ、こっちもいいわよ。

美味しいスープに、気持ちが弾んだ。

自分は望まれない花嫁ではなかったのかもしれない。この屋敷に、居場所ができたような気持ちになれた。

「しばらくは、このスープがいいわ」

モンパサ家の豆のスープも美味しいのだが、あまりにも長い間飲んでいたから、たまには違う味がいい。

アイザックはうなずいて、炙った豚肉を丸パンに挟みこんだ。

「俺はあいにく、しばらく忙しい。国境沿いで、大かがりな砦の補修が予定されていてな。それに関して、陛下との打ち合わせがある」

王には王の軍隊があり、それぞれの領主も私兵を所持している。

だが、その私兵が王の軍を上回ることがないように、事前に綿密な打ち合わせをするのだと、アイザックは説明してくれた。

——なるほどね。

「今はさしあたっての危機はないものの、我がカロリング領は国境沿いにあって、気が抜けない。毎年、異民族の動きを見据えて、陛下と増兵や対処法について、詳しく打ち合わせをしている。今がその時期だ」

カミーユがろくに知らなかった、国境沿いの話だった。

「だから、――数日は、ゆっくり過ごせ。退屈したら、家令に伝えろ。うちの叔母がやってきて、カロリング派のさまざまな人間関係を、君に教えることになっている」

「え、ええ」

人間関係と聞いて、カミーユは緊張した。

その顔を見て、アイザックは付け加えてくれる。

「とはいっても、うちの派閥は緩い。さして身構える必要はないはずだ」

「だけどその代わりに、ドンピエール側の人間関係も教えろっていうことではないわよね？」

敵対する派閥だ。

念のため、そのあたりを確かめておく必要があった。

そんな言葉に、アイザックは不敵な表情になった。

「そのような情報は一切、必要ない。あちら側で誰と誰との仲が悪かろうが、俺にとってはどうでもいい話だ」

彼が口にする言葉のどこまでがカミーユを油断させるための嘘で、どこまでが本音なのか、まだ見破る術（すべ）がなかった。

物心ついたころから、カロリング派は敵、とひたすら教えこまれてきた。

カロリング派の人とは口をきいてもいけない。ましてや、結婚など論外だと。

そのように言われてきたのに、このような状況に投げこまれていたことに、いまだに感情の整理がつかない。

幼いころは、それなりに疑問を抱いていたような気がする。

だが、誰に聞いてもまともな返事は戻ってこなかった。だから、そういうものとして自然と受け入れるしかなかった。

――だけどその敵愾心も、素敵な贈り物を渡されただけで、簡単にねじ曲げられるのよね。

両親の変節を思えば、対立というのは大したものではないのでは、と思えてくる。あれくらいで心が揺らぐこともあるのだ。

「聞きたいことがあるの。どうして、ドンピエール派とカロリング派の仲は悪いの？　カロリング派の長であるあなたの意見が聞きたいわ」

朝の忙しい時間に聞くべき話題ではないかもしれない。

一方の派閥の長の意見だから、偏っている可能性もある。それを踏まえて、判断する必要があった。

――落ち着いて、見定めるのよ。……お父さまや、弟のオーギュスタンの命がかかっているのだから。

大切な生家を守りたかった。オーギュスタンはまだ十歳で、庇護（ひご）が必要な年齢だ。

その弟を膝に抱いてお話をしてあげるのが、カミーユの何よりの楽しみだった。

「大昔の先祖たちの抗争が、影響を及ぼしている。かつて、国の有力な一族の長男と次男の相続をめぐる血みどろの戦いがあって、長男がドンピエール家を、次男がカロリング家を興したという」

「身内だったの！」

初耳だった。

もともとは同じ出身だったということは、意図的にドンピエール派の中で隠されていた情報なのかもしれない。

「当時はその対立にも意味があったのかもしれない。だが、長いときが経過し、両家の領地が確立した今となっては、何ら意味を持たない。下らない対立だ」

アイザックの口から、そのような言葉が漏れたことに、カミーユは息を呑んだ。

「長男しか相続できないと決まったのは、その結果なのかしら？」

尋ねてみると、アイザックはうなずいた。

「そうだろうな。長男以外でもふさわしい人間がいたら、その者が家を継げばいい。だが、そんな決まりがあるせいで、ジョゼフのような無能な人間が家を継ぐことになる」

それはカミーユも同感だった。

だが、アイザックに油断してはならない。

悪者は、いかにも悪人面をして現れるわけではない。にこやかな善人面をして現れるのだと、幼いころから繰り返し、乳母に言い聞かされて育ったのだ。

第四章

カロリング家に嫁いだら、針のむしろで暮らすようになるのかもしれないと怯えていたが、カミーユにとってそこでの暮らしは快適そのものだった。

豪華な広い屋敷に、アイザックとの二人きりの暮らし。

入ってすぐのパブリックスペースはほとんど閉鎖され、定期的に風を通してはいるようだが、今は使われることはない。

もっぱらカミーユが暮らしていたのは、奥の住居スペースのほうだ。

まずは侍女に手伝ってもらって、調度の配置を換えた。窓からすっきり風が通るようにしてから、カーテンなどを好みのものに換えてみる。

そうすると、窓からの眺めが気になった。家令を間に挟み、窓から見える草花について相談して、好みの花を植えてもらった。

一段落ついたところで、怖々ではあったが、アイザックの叔母に連絡を取った。彼女からカロリング派の決まりや、人間関係を教えてもらうことになる。

それらは社交に必要だからだ。

敵派閥から嫁いできたカミーユは、まだ派閥内の大きな舞踏会や晩餐会に呼ばれることはない。だが、カミーユの様子を見て、問題がないと判断されたら、少しずつ呼ばれるようになるのだと、アイザックの叔母は説明してくれた。

——つまりこの叔母さまが、私がどういう人間なのか、判断するってわけ？

そう思うと、緊張した。

ずっとこの屋敷で引きこもっていたいほどだが、カロリング家の当主の妻となったからには、そうもいかないだろう。

——大変ね。当主の妻って。

自分よりも若い十六歳で当主となったアイザックには、どれだけの責任がのしかかったのか、考えてみただけでゾッとする。

しかも、所有する領地は、異民族に脅かされてもいたのだ。

——あんなに怖い顔になってしまうのも無理はないわ。

カミーユはカロリング派の人間関係を、まずはみっちりと教えこまれた。それぞれの家の序列や、誰と誰とが仲が良くて、悪いのは誰と誰かということ。

それぞれの趣味や、家庭環境。

それから、カロリング家と親しい家に招待されての社交が始まった。まずはお茶会からだったが、どの貴婦人も意外なほど親切で、意地悪されないことに驚いた。

——だって、ドンピエール派ではそれぞれの揚げ足取りがひどかったもの。

なのに、カロリング派のお茶会はのどかすぎて、落ち着かないほどだった。

——もしかして最初のころは、問題のない人たちから会わせてくれているのかも。

そう思ったカミーユは、お茶会から帰る馬車の中で、アイザックの叔母に尋ねてみた。

「あの、……皆様、とても良くしてくださるのが、少し不思議なんですけど」

「不思議？」

アイザックの母は産褥で亡くなっており、この叔母がアイザックの母親代わりだったのだと聞いた。アイザックによく似た目元と、柔らかな笑みを持つ叔母は、何を聞かれているのかわからないとばかりに首を傾ける。

「だって、その、……私、ドンピエール派の出身でしょ？　なのに、実際にお茶会に参加したら、皆様、ご親切で。いろいろな可愛い物をプレゼントをされたり、褒められたり」

「それはそうよ。こんな可愛らしいお嬢さんに、意地悪なんてする人は、カロリング派にはいませんもの」

慈愛に満ちた微笑みとともに、アイザックの叔母は断言した。

「アイザックも、アイザックの両親も、もともと両派の対立は良くないって意見でしたわ。だけど、うちの派閥のナンバーツーにあたる家が、ドンピエール派を蛇蝎のように嫌ってましたの」

「ナンバーツーといえば、マルタン家」

「そう。よく覚えたわね。マルタン家の当主が頭が硬い老人で、決して和解を受け入れようとしなかったわ。何か昔、嫌なことでもあったらしいの。だけどその当主が最近亡くなって、その後継者はアイザックを慕ってくれていてね。両派の対立は、何の利益ももたらさない、という先進的な考えをお持ちで」

その言葉に、カロリング派の中ではだいぶ雪解けのムードが高まっているのだと悟る。ドンピエール派に身を置いているときには、見えなかった。カロリング派にとっては、全てが無駄な対立に思えているのか。

――本当かしら。何が正しいのかは直接、自分の目で確かめないとね。

結婚して二週間後に、アイザックの妹のフランソワーズもやってきた。

フランソワーズはカミーユよりも三つ上であり、利発で活発な女性だ。アイザックによく似た栗色の髪と、緑色の瞳。多忙なアイザックと仕事の分担もしており、アイザックのほうは宮廷の仕事と軍事、それ以外の領地の仕事はフランソワーズと、役割を分けているらしい。

だけど、フランソワーズは挨拶が済み、お茶も飲んで一息ついてから、言ってきた。

「だけど、これからは領地の管理はあなたの仕事よ。みっちり教えるからね」

そろそろ結婚適齢期を過ぎつつあるようだが、快活な表情と行動力を持つフランソワーズは全くそのことを気にしてはいないらしい。

その証拠に、王都に来ても積極的に舞踏会に参加するつもりはないそうだ。

貴族の女性は二十を越えたら行き遅れとされ、後ろ指を指されるところがある。

だからカミーユは気になって、お茶の時間に決まった人がいるのかと、遠回しに尋ねてみた。

ふふふ、とフランソワーズは、鼻で笑った。

「これからの女性は結婚しなくてもどうにかなるように、その手段を身につけるべきだわ。だけどいきなり私がお嫁に行って、いなくなっちゃったときに備えて、あなたにしっかり教えこんでおくの」

フランソワーズに教わった領地管理についての勉強は、かなり複雑だった。

農地を領民に貸し出し、地代を受け取るときの計算のしかた。さまざまな公租の賦課。領地における裁判についても、しっかり学んでおかなければならない。

ケースバイケースの判例が書かれた本を読みこんで理解するには、かなりの時間がかかりそうだった。

そんなこんなで、日々がめまぐるしく過ぎていく。

アイザックがカミーユの寝所に潜んできたのは、初夜だけだ。

その後はアイザックも忙しくしていたから安心していたのだが、一ヶ月ぶりに朝食の後で、アイザックがすれ違いざまに言ってきた。

「今夜、また君の寝所に忍んでいってもいいかな」

「……っ」

ドキッとして、息が詰まった。硬直してしまって、すぐには返事ができない。

だが、それは夫として当然の権利だと思っているのか、アイザックはその深い目でカミーユを見つめ、返事を聞かないまま去っていった。

日中はカミーユも屋敷で何かと忙しくしていたのだが、日が暮れ、夜が近づいてくるにつれて、じわじわと緊張してきた。

——今夜、……来るって言ってたわよね。

その日は念入りに風呂で身体を清め、自分の部屋で身構える。

だが、アイザックの帰宅は遅くなっているようだ。

そのまま寝てくれればいい。これから寝室に来るのかもしれないと思うと、やけに落ち着かない。

前回は指だけで終わったが、今日もそれで終わるだろうか。

子供を作らないのだったら、あのような行為もしなくていい。カミーユはそう思うのだが、アイザックにとってはそうではないのか。

——君を愛してもいい？　って言ってたわ。

あれはアイザックにとっては、カミーユを愛する行為だったのだろうか。

初夜のときに彼にされたことが蘇り、じわじわと体温が上がった。

またあんなふうに身体中を暴かれ、乳首を舐められるのだと思うと、鼓動がせり上がっていく。

——だけど、思ってたほど怖くはなかったわ……。

あんなおっかなそうなアイザックなのに、宝物を扱うようにカミーユに触れた。

それでも、死にそうなほど恥ずかしいのは変わらない。自分の身体が自分のものではないようにビクビクしてしまうのを、また体感したくない。

それに何が何でも、「男性器」の挿入は拒まなければならない。

——だって入れられたら、赤ちゃんができてしまうもの。

今のところ、カロリング家の人々はビックリするほどカミーユに優しく接してくれる。

アイザックの叔母もフランソワーズも親切だし、食事は美味しいし、侍女や他の使用人もカミーユを女主人として尊重してくれている。

カミーユが心地よく過ごせるように、一丸となって細やかに気を配ってくれているのが感じられた。

——だから、とっても過ごしやすいおうちなんだけど、……だけど。

全てがうまくいっているだけに、逆に自分は騙されているのではないか、という疑念が浮かぶ。

何せ、長年、カロリング派の悪口を吹きこまれて育ってきた。

カミーユは世間知らずだ。油断させて意のままに操ることなど、贈り物で両親の心を虜(とりこ)にしたアイザックにとっては造作もないことだろう。

――だって昨日、夕食の席でフランソワーズさまと話しているのを聞いたわ。異民族との付き合いかたについて。こちら側からは心を許さないが、相手側には油断させるように仕向けていくんだって。

そのための贈り物や交渉術についても、話していた。

二人の会話を聞いていると、軍事というのは騙し騙されの世界であって、どれほど相手の裏をかく戦術が必要とされるのか、うかがえた。

――だから、騙されてはならないわ。弟は私が守るんだもの。

そんな中、アイザックが言ってくれた言葉が、カミーユの心の支えとなる。

『君の嫌がることはしない』

今回も、その言葉は有効だろうか。

肉体的にはまるでかなわない。鍛え抜かれた鋼のような身体には。

その手で手首をつかまれたら、まるで動けなかった。その重みを掛けられたら、起き上がることもできなかった。

それに、唇を肌に落とされ、そっと動かされただけでも、その甘さに身体から力が抜けた。

身体の奥底から掻き立てられる快感が、どれだけ自分を骨抜きにするのかも、カミーユは初めて知ることとなった。

――だけど、アイザック。遅いわ。

まだ、アイザックがこの屋敷に帰宅した気配はない。王城で夜遅くまで宴が開かれることはよくあるようだ。それに出席しているのだろうか。

待ちくたびれて、カミーユはベッドに入った。

それでも起きていようと努力していたのだが、身体を横たえ、目を閉じたら最後だ。昼間の疲れもあって、すうっと眠りに引きこまれてしまった。

かたん、という音に目を覚ます。

誰かが入ってきたのは、天蓋布の向こうで灯りがチラチラするのでわかった。

アイザックが侍女を下がらせる低い声が聞こえる。

その後で、誰かが布を押し上げてベッドに入ってきた。ランプの眩しさに顔を背け、身じろごうとすると言われた。

「起こしてしまったか。遅くなってすまない」

アイザックは手に持っていたランプを、前回と同じように、天蓋布の向こうのランプ掛けにかけた。

それから、アイザックの大きな身体がカミーユの横に移動してくる。その方向に、かすかに身体が傾ぐ。

カミーユは眠気に囚われながらも、頑張ってまぶたを押し上げた。

アイザックとは毎朝、朝食のときに顔を合わせ、彼の都合が合うときには夕食のときにも顔を合わせている。

だけど、そのどんなときよりも、寝室でこうして一緒にいるときのほうが、特別な感じがした。

彼の身体に肩が触れると、急に緊張してきた。

一気に鼓動が跳ね上がり、眠気が吹き飛んでいく。

アイザックはベッドに座って、着こんでいた長衣を脱いだ。そのどしりとした重い布地を、ベッドの向こうの椅子に放る気配がある。

落ち着かなくて、カミーユは上体を起こした。

「今日は遅かったのね」

「ちょっとした打ち合わせがあってな。こんなに長引くとは思っていなかった」

カミーユの頬を、以前と同じようにアイザックの大きな手が包みこんだ。そんなふうにされると、すっぽりと包みこまれる感触がある。

見つめてくるアイザックの眼差しが優しいような気がして、照れて視線が合わせられない。

「家には、だいぶ慣れてきたか?」

尋ねながら、アイザックの指がカミーユの髪をそっと指にからめた。その髪を梳くように動かされ、そこから淡い快感が湧き上がる。

――やっぱり、宝物みたいに、私を扱うわ。

ここが明るかったら、耳まで真っ赤になっているのがアイザックに知られてしまっただろう。

「みんな優しくしてくださるわ。カロリング派の人は鬼みたいだって教えられてきたのに」

「それはよかった」

言った後で、アイザックはカミーユの肩に手を移動させた。

「細くて華奢で、壊してしまいそうだ。とても、……もろく思えて」

「私、意外と丈夫ですわよ？」

思わぬことを言われて、カミーユは思わず笑った。

だけど、弟がもっと幼かったころに触れた記憶が蘇る。皮膚は柔らかく、血管が透けてみえて、何だかひどく不安になったものだ。

だが、アイザックに向けた顔の位置が、思っていたよりも彼に近かった。

そのままそっと、夜着の上から肩を抱きこまれる。全身でアイザックを感じて、鼓動がどくんどくんと全身に響いた。

アイザックの顔が近づいてきて、そっと頬を擦り合わされる。アイザックの頬は硬く引きしまっていて、それを感じ取るのと同時に、自分の柔らかさを思い知る。

ただ密着しているだけで、どんどん鼓動が乱れていく。

「いい匂いがする」

アイザックの腕がカミーユの背に回り、ますます強く抱きしめられた。

カミーユがアイザックの首から肩への強靭な筋肉を感じ取っているのと同じように、アイザックもカミーユの感触を味わっているのだろうか。こんなふうにされると、どれだけ自分の身体が薄っぺらいのかを思い知る。

頭がぼうっとして、このまま何もかも託してしまいたいような気持ちになった。

――だけど、最後の一線だけは、……守り通さなければダメなのよ……！

全身から力が抜けていくのを感じながらも、カミーユは自分に言い聞かせた。

「あなたの身体は、とても硬くて大きいわ」

「不快か？」

からかうように耳元でささやかれ、そのぞくっとした痺れをやり過ごしてから、カミーユは言った。

「……でもないわ。ちょっと、いい匂いもするし」

「いい匂い？」

不思議そうに言われた。アイザックから漂ってくるのは、官能的で動物的な香りだ。大人っぽいその香りを、ずっと嗅いでいたくなる。

そっと身体を離され、顔をのぞきこまれた。

キスをされそうな気配に、カミーユはぎゅっと目を閉じた。今夜は早くもドキドキさせられすぎて、呼吸まで苦しくなっている。何も知らなかった先日とは違って、今日は途中までなら、どんなことをされるのかわかっているのだ。

予想した通りに、唇が触れてきた。

「……っ」

唇の柔らかさを堪能しようとするかのような軽いキスが、何度も繰り返される。アイザックの唇は肉厚で、気持ちがいい。

自然と口が開いていたらしくて、隙間からアイザックの舌が入ってきた。舌に舌をからめとられて、目眩がする。

「ふ、……ふぁっ」

舌と舌を擦り合わせる濃厚な刺激をたっぷり味わわせた後で、アイザックが言った。

「今日は、前回の続きから」

——続き……！

それは、何か危険なのではないだろうか。

焦りはしたが、何をどう抵抗したらいいのかわからないでいるとカミーユから夜着がするりと脱がされ、ベッドの上に仰向けに寝かされた。

膝の後ろに腕を差しこまれ、いきなり足を開かれて狼狽した。

──ちょっとこれ……！

指を入れたところからの、続きだろうか。

だが、アイザックの顔は足の間に近づいていく。これは初めての体験だ。何をされるのかわからなかったが、どうにかしなくちゃと焦る。だが、何もできずにいる間に、花弁を指で開かれた。

「あっ」

そこが夜気にさらされる初めての感触に、カミーユは息を呑んだ。

やめて欲しい。と訴える間もなく、生暖かい弾力のあるものがその敏感な粘膜に触れた。

「……っあ……！」

それがアイザックの舌だと本能的に理解した瞬間、恥ずかしさに頭が灼けた。

膝も震える。

そこを舐められる刺激は独特で、生暖かい舌のうごめきにどう耐えていいのかわからない。

カミーユの膝を抱えあげながら、アイザックの舌はその花弁を余すことなく舐めていく。

下から上へと舌が何度となくなぞった。

「ツン！　……っあ、……あ、あ……」

花弁のすみずみまで舌が這い、その感触をカミーユは否応（いやおう）なしに味わわされることになる。

最初はぞわぞわするしかなかった初めての感触が、次第に快感に直結するようになる。

舌のうごめきが心地よく感じられるようになり、じわじわと体温が上がった。

身体の芯のほうが熱くなり、何かが身体の奥からにじみ出すような気配があった。

そのとき、アイザックが少し上に身体を移動させた。花弁の上のほうにある突起に弾力のある舌が触れた瞬間、カミーユは強烈な快感に跳ね上がった。

「っあっ！」

ただ舌がそこに触れているだけで、全身がざわつく。

包皮を押し上げられ、唾液をたっぷりとまぶすように舌がうごめいた。そのたびに、足の指にまで力が入った。

強烈な快感が、舌のあるところから全身に広がる。初心者のカミーユにはあらがうことのできない、純粋な快感を否応なしに味わわされる。

「ひっ、あっあっあ……」

これ以上、そこを刺激されたら、どうにかなってしまいそうだ。

強烈な快感に生理的な涙が浮かび、ぎゅっと目を閉じると、それが目の横を流れていく。

アイザックはそれを見たのか、そこを長く刺激することなく、舌を別のところに移動させてくれたので、少しだけホッとした。

アイザックは舌の先を尖らせて、次にその花弁の奥にある入り口をつついた。

快感は穏やかになったが、うかうかしてはいられない。そこは、絶対に男性器の挿入を阻まなければならないところだ。

舌先だけならば大丈夫のはずだったが、舌がそのあたりを舐め溶かすように動くことで、そこがやたらと敏感だと思い知らされる。

入り口あたりを弾力のある舌でなぞられると、全身がぴくぴくするほど感じてしまう。舌を中に押しこまれる感覚に慣れなくて、足の指が動いた。

「ツン、……っはぁ、……は……」

その間にも、先ほど舐められた突起がうずうずしてくる。そこをまた刺激されたいような、それだけは避けたいような気持ちにさらされて、自分で自分がわからなくなる。

そのときアイザックが、指で花弁を押し開くようにして、舌を深く体内に差しこんだ。

「っあ！」

体内をえぐるような舌の動きに、ぞくっと生々しい刺激が抜ける。

取り返しのつかないことをされてしまったような感覚とともに、舌が抜けていく。

「つぁ、……っあ、……そこ、……ダメ……っ」

全身がざわつくような独特の感覚が残っていた。その泣きたいような快感に、カミーユはまだ慣れない。

「ダメか？　舐めているだけだけど」

何も言い返せないでいる間に、さらに舌が何度も突き刺さってくる。実際には、さして深いところまで達してはいないだろうが、現実以上に舌を奥まで感じてしまう。全身の神経がそこの粘膜に集中した。

「嫌だろうか？」

あらためて尋ねられて、カミーユは涙ながらに首を振った。

「いや……」

だけど問題なのは、そこを舐められるのが本当は嫌ではないことだ。刺激が強すぎて許容できないに過ぎない。

そんなカミーユの声の響きに気づいたのだろう。

アイザックは新たに提案してきた。

「だったら、指を入れるのはどうだ？」

その言葉によって、前回、指を入れられたときの快感が鮮明に思い出された。

ぞくっと息を呑んだカミーユの顔面に、アイザックの視線が浴びせかけられる。

カミーユが本気で嫌がっていないと読み取ったのか、アイザックの太い指がそこにねじこまれていく。

「……っああああ……っぁああ、……だめ、ぇ……それ……っ」

拒む声は甘くか弱く、アイザックを制止するほどの力はこめられていなかった。

指は舌と違って、しっかりとした質感があった。太い指を体内に呑みこまされたことによって、どれだけ自分の身体が快感に溶け落ちているのか、思い知らされる。

――すごく、……濡れて……ひくひくしてる。

そこはぬるっと抵抗なく指を呑みこみ、強く締めつけていた。

根元までしっかり入れられた後で、一気に引き抜かれる。その指によって強烈な刺激が掻き立てられ、びくんと下腹が跳ね上がった。

刺激されたことによって、もっと掻き回して欲しくなる。そうしないと、我慢できない。

「ッン、……ん、ん、ん……っ」

「舌よりも、指のほうが好きか？」

指を再び押しこまれ、その太い指に中のぬめりをからめている最中に尋ねられた。カミーユは何も考えられず、曖昧にあごを動かすしかない。

どこか満足そうにアイザックが笑ったのを見てしまったと思ったが、今さら修正する余裕もない。何せ指が絶え間なく、カミーユの体内で抜き差しされているのだ。

そこから漏れ聞こえる水音も恥ずかしくて、言葉を綴(つづ)ることさえままならない。

「っあっ、あ、あ」

指を動かされながら、降りてきたアイザックの唇に胸もついばまれる。

その柔らかな膨らみに顔全体を押しつけられ、その質感を堪能されながら、乳首を口に含まれた。

そこは刺激される前から、ひどく尖って疼いていた。

軽く舐め転がされただけでも、下肢まで甘ったるい快感がじんわりと響く。だから無意識にぎゅっと締めてしまって、中に太い指があることを何度も思い知らされる結果になった。

「っあ……っ」

中はぬるぬるだ。指を入れられた当初にあった違和感はだんだんと薄れ、掻き回されたところから純粋な快感が広がっていく。

——気持ち、……い……っ。

奥まで太い指が届くたびに、快感に身体が溶け落ちる。その指は、かつてないほどの快感をカミーユの身体から引き出した。

硬い指先が、カミーユの体内の粘膜を余すことなくなぞっていく。快感を覚えるたびに、ひくりと中に力がこもってしまう。そのたびに戻ってくる指の感触がやみつきになりそうだった。

まんべんなく襞を探られているうちに、特別感じるところがあることにカミーユは気づいた。そこを指が通り抜けるたびに、ぞくっと強い快感が広がり、腰が動く。

その悦いところに、アイザックも気づいたようだ。

「ここ、……感じるか？」

秘密を共有するような艶っぽいささやきとともに、アイザックの指が見つけ出したそこを強くなぞった。

「あっ！　……んあっあっあっ、だめ、……そこ……っ！」

花弁の上部にある突起をなぞられたときの、強烈な痺れとは違う。身体の奥のほうが、ぐずぐずと快感に溶け崩れていくような、また違った種類の快感が引き出される。

だが、アイザックは楽しげに口元をほころばせるだけで、指をそこから外してくれない。最初の強い刺激こそ軽減されたが、軽く何度もそこをなぞってくる。それだけでも、甘ったるい刺激に腰が揺れた。

気持ち良くて、恥ずかしくて、どうにかなりそうだ。

――どうして、……アイザックは、こんなふうに私の身体を触るの？

いたぶられているのとは、明白に違う。純粋な探究心というわけでもないらしい。

カミーユの身体に愛しげに触れるアイザックの眼差しからは、熱っぽさのようなものが感じられた。

――どうして、……そんな目で、……私を……？

カミーユに男としての欲望を抱いているというだけではなく、もっと深い何かを感じ取る。

そんな視線を向けられながら、感じるところを執拗になぞられる。そのたびに身体がひくひくと震え、蜜があふれ出した。

ゆっくりと指を動かされ続け、カミーユの眉が寄せられていった。唇が開きっぱなしになり、その口から漏れるのが甘ったるいあえぎだけになったころ、アイザックが言った。

「入れるのは、……まだ怖いか？」

どこか切実な渇望を、その声から感じ取った。

いつになく哀願するような顔をされ、胸がキュンとする。快感のるつぼとなったそこに、彼のものを受け入れることを一瞬思い描く。

だけど、それはどうしてもダメなのだ。赤ちゃんができてしまうから。そうしたら大切な弟の命が脅かされることになる。

「ダメ……よ……」

「だけど、先っぽだけなら？」

アイザックの言葉に、カミーユはきょとんとした。

――先っぽ？

カミーユの頭が疑問で一杯になったのを読み取ったのか、アイザックが少し身体を起こして、カミーユの手に自分の手を重ねた。

それから、カミーユの手を自分の股間に導いていく。

「……っ」

触れたのは、何だかやけに熱くて硬い大きなものだ。触れた途端、それがビクンと生き物のように脈打ったので、カミーユは慌てて手を引っこめた。

だが、それが何だか、カミーユは理解した。

――これって、……もしかして。

男性の、身体の一部。母に絶対に受け入れてはならないと言われたものだ。

カミーユのそこが熱くなってしとどに濡れているように、そこも普段とは全く別の形に変化していた。

「夫婦のことをするときには、……これを君の中に入れる」

アイザックに告げられ、カミーユは必死で抵抗した。

「入れたら、……赤ちゃんが生まれてしまうわ」

それが怖いのだと、アイザックに伝えたはずだ。

「そう簡単には、生まれない。タイミングというものがあって」

「ダメよ。……まだダメ」

あの大きくて太い、脈打つ熱いものを受け入れるのは、まだ怖い。

カミーユの必死な抵抗に、アイザックは諦めたように息をついた。

「だったら、それはしない。今日は入れないけど。ちょっと遊んでみないか」

――遊ぶ？

快楽を知ったばかりの若い身体だ。アイザックの言葉に、熱いままの身体が疼く。

――何をするの？

「絶対に入れないと約束する。だから、安心してくれ。君のそこに、擦りつけるだけだ。まずはそこから」

アイザックは身体を起こし、カミーユの身体を抱えこんだ。うつ伏せに這わされ、ぴったりと両足の太腿を背後からくっつけられる。

アイザックのほうにお尻を突き出すような格好にされたのが、やたらと恥ずかしい。

それでも、アイザックが教えてくれる「遊び」に興味があって、その格好のままじっとしていた。

「あっ」

そのときアイザックがカミーユの腰を背後から抱えこんで、足の付け根に太い熱いものを差しこんできた。

「っあ！」

そんなふうにされたら、足の付け根にある繊細なところを、アイザックの硬いもので後ろからなぞられる形となる。

さらにうつ伏せになっているために柔らかくなった胸を背後からすくわれ、その先端をやわやわと指でもてあそばれた。

だが、乳首だけの刺激に集中することはできなかったのは、閉じた足の付け根でアイザックのものが小刻みに動き始めたからだ。

「っあ、……あ、……あ……っ」

中には入っていない。

だが、足の付け根にアイザックの熱いものを挟みこまされている。

それはとても質量があったから、ただ足を閉じているだけでも花弁がめくれあがり、密着する形となった。

でこぼことしたそれにカミーユの中からあふれ出した蜜がからみ、ますますその動きをなめらかにしていく。

「……っあ、……んぁ、……はぁ、あ……っ」

それは柔らかすぎず、硬すぎず、たまらない弾力とともにカミーユの足の間を容赦なく擦りあげた。

アイザックが抜き差しするたびに狭間全体が強烈に刺激され、アイザックの張り出した先端が花弁をめくれあがらせる。

その合間に、背後から回されたアイザックの指によって、乳首を強く弱く揉みこまれていく。

「……っはぁ、……は、は……っ」

濡れそぼった花弁ばかりを刺激されているから、何も入っていない内側の粘膜がことさら意識された。

濡れそぼったそこは、指か何かで掻き回してもらいたいほどむず痒(がゆ)い。

「……ッン、ん、ん……っ」

そのとき、花弁を舐められているときに、少しだけいじられた敏感な突起をアイザックの先端がえぐった。途端に、足の間から強烈な刺激が広がる。

カミーユは反射的に、内腿にぎゅっと力を入れた。腰を強く、アイザックのほうに押しつける形となる。

足の間から、アイザックのものが抜けていった。

「んぁっ！」

だが、一回で終わりではない。

アイザックのそれが何度も届いた。

指でもそこを暴かれて、蜜を塗りつけながら、くり、くりっと円を描くようになぞられる。

隙間なく密着した弾力のある肉で、花弁全体を擦りあげられる快感に身体が熱くなった。

だんだんと何も考えられなくなり、ただアイザックに揺さぶられるのに合わせて、声を漏らすばかりだ。

――どうして、……こんなに、……気持ちいい……の……。

気持ち良すぎて、禁忌感が薄れてしまう。

入れられてはいけないと思っているのに、その疼いてたまらないところにとどめを刺されたいような渇望がこみあげてくる。

だが、アイザックは、決して入れないと言った約束を守るつもりはあるようだ。

前回味わったのと同じような奇妙な感覚が、カミーユの腰を包みこんだころ、アイザックが耳元でささやいた。

「そろそろ、イクか?」

イク、というのがどんな感覚かわからないまま、熱に浮かされたような状態でうなずくと、なおも声は続いた。

「想像してみろ。……これが、君の中に入ること」

その言葉が、カミーユの感覚を強く刺激した。

足の間に挟みこんだ大きなものが、甘く疼いてキュンキュンする体内に強引に押しこまれ、深くまで容赦なく貫かれていく感覚を鮮明に思い描く。中にきゅううっと力が入った。次の瞬間、カミーユの身体が跳ね上がった。

一瞬遅れて腰ががくがくっと打ち振られ、頭の中が真っ白になった。

鈍い甘ったるい快感が腰で爆発する。

「ッん、ん」

くぐもった声を漏らしながら跳ね上がるカミーユの身体を、アイザックが強く背後から抱きすくめた。

彼の小さなうめきも、耳元で聞いたような気がする。

気づけば、足の間がひどく濡れていた。

カミーユの身体から漏れたものではない。アイザックの身体から出たものでそこは濡れていた。

これを体内に放たれたならば、どれだけ絶望感に打ちのめされていたかと思うと、カミーユはぞくぞくと震えずにはいられなかった。

第五章

絶対に、アイザックとの子を孕んではならない。アイザックがモンパサ家の財産を狙っていないという、明確な確信を得るまでは。

だが、このままではアイザックになし崩しに流されそうだ。そうなるよりも前に、両派閥の関係を理解し、判断材料にしたかったので、カミーユは自力で調べることにした。

――それには、まず敵を知ることよ……！

家令に勧められたこともあって、カミーユは小規模なお茶会をこのカロリング家の屋敷で開くことになった。

フランソワーズも同席してくれることになったが、招待主はカミーユだ。緊張する。

まずは、年の近い令嬢から招くことになった。

カミーユには一人もカロリング派の令嬢の友達はいない。目が合っても、反射的にそらせてきた。相手も、おそらくそうだったに違いない。

だから、多少は反感を抱かれると思っていたのだが、どの令嬢も意外なほど友好的だった。

一人だけカミーユにあからさまに敵意を向けてきた令嬢もいたが、一緒に出席したフランソワーズが、彼女が席を外したときにこっそり教えてくれた。

彼女はアイザックのことが好きだった。だからこれは、「恋の恨み」なのだと。

だから、無視を決めこむのがよろしいわ、とささやかれた。

その後で、フランソワーズは快活に言ってくる。

「アイザックはね。とても忙しかったのもあるけど、結婚にはずっと興味を示さなかったの。かなりの良縁があっても、断ってきたのよ。だから、私は心に決めた令嬢でもいるのではないかと、疑っていたの。しかも、それは禁忌の相手ではないかって」

聡明(そうめい)な緑の瞳が、からかうようにカミーユに向けられる。

「禁忌の相手？」

何だかそれが自分を指しているように思えて、カミーユはドキッとした。

だが、心当たりを考えてみても、自分にアイザックが目をつける理由がわからない。社交界にデビューして二年の間、アイザックとはまともに接点がなかったはずだ。

——それこそ、会話すら交わしたこともなかったはずよ。

それでも、何だかそれよりも昔に、忘れていた原因があるように思えて、さらに心当たりを探ってみる。

——社交界デビュー以前？

ドキリと、カミーユの鼓動が跳ね上がった。

幼いころの、かすかな記憶がある。幼い自分の手を引いてくれた誰かの手。その手はとても大きくて、頼りがいがあった。十歳のカミーユを、泣き止ませるだけのぬくもりがあった。

顔すらも覚えていない彼と、いったいどんなことを話しただろうか。

記憶はあやふやで、その手の大きさとぬくもりだけしか覚えていない。

そのとき、席を外していた令嬢が戻ってくるのが見えたので、その話はそれで終わりとなった。

そのお茶会の後から、カミーユは必死になってその記憶を蘇らせようとした。同時に、アイザックのことが気になってたまらなくなる。

まず目につくのは、たくましい身体つきだ。

頭部を飾る栗色の髪。その髪は無造作に切られているように見えて、その端整な顔立ちをこの上なく際立たせる。

その顔立ちに映える、緑の深い瞳。高くてまっすぐな鼻梁に、キリリと引きしまった肉厚の唇。男らしくそげた、頬のライン。

最初は彼のことをおっかなくて無愛想としか思っていなかったのだが、気づけばぼうっと見とれる時間が増えていることに、カミーユは気づいた。

――だんだんと慣れてきたのよ。慣れると少しずつ可愛く見えてくるもんだわ。

何よりふと視線が合うと、アイザックが見つめ返してくれるのがいい。その眼差しはいつも暖かく、眩しげにカミーユに向けられているように思えた。

今朝もカミーユはどうにか目を覚まして、食堂に向かう。

入っていくと、人待ち顔をしていたアイザックがその気配に気づいて、ほのかに笑みを浮かべてくれるのが嬉しい。

ただ一緒に朝食を取るだけの時間なのだが、ねぼすけな自分がこれほどまでに必死に起きるとは思っていなかった。

「おはよう」

アイザックがかけてくれる柔らかな声にもドキドキした。

右斜め上から朝の光が降りかかっているから、その影になった栗色の髪の色彩が少し濃くなっている。

長いまつげが瞳に神秘めいた陰を作り、鼻梁が落とす影の形に、カミーユは見とれそうになった。

自分がことさら面食いだと、カミーユは思っていない。だけど、アイザックはとてもハンサムに見える。どこか無骨な表情や、ぎこちない笑みすらも好ましく思えてしまう。

ずっと、アイザックのことを怖いとしか思っていなかった。

だけど、あの指や唇がどれだけ自分を大切そうに扱うのかを知っている。彼とは特別な関係にあるという親密さがあった。

閨で抱き合うことが、そのような心の変化を及ぼすとは知らなかった。

逆に、そこで乱暴に扱われていたら、カミーユはこれほどアイザックに心を開けなかったことだろう。

——ああいうところに性格が出るって、お母さまから聞いたわ。

「おはようございます」

ドキドキしながら、カミーユはアイザックの向かいに腰掛けた。

彼と顔を合わせただけで、自然と鼓動が早くなる。これは、恋をしているのではないだろうか。結婚した相手にこんな気持ちを抱けるようになるのは、きっと幸せなことなのだろう。

テーブルの上にはパンの入った籠が置かれ、続けてそれ以外の皿も運ばれてきた。

ロンダール王国の貴族の食事は、朝と夜の二回が基本だ。それだけではお腹(なか)が空くので、間にたっぷりとおやつのついたティータイムを取る。

カミーユの前に並ぶのは、焼きたてのパンに、大好きな緑色の豆のスープ。冷製の肉に、各種チーズの盛り合わせ。

いつもの定番の品に加えて、今日は新たな小皿が運ばれてきたのにカミーユは気づいた。

——お花？

丸く並んだ花びらの中央部分が大きく膨らんでいる。ベリーが熟したような赤黒い色をしていた。粒はブルーベリーぐらいの大きさだ。

「これは？」

初めて見たものだったので、アイザックに尋ねた。彼の手元にも同じ小皿が置かれている。

アイザックはその花のようなものを指先でつまみ上げた。

「花ベリー。この時期だけの特別な食べもので、この真ん中の実を歯で直接かじり取って食べる」

アイザックは見本を見せるように、花の中心にある粒に歯を立てた。それから噛みちぎって、口に入れる。

よっぽど美味しいのか、いつもは食べものにあまり表情を変えることのないアイザックだったが、美味しそうに目を細めた。そんな笑顔に吸い寄せられる。

それを見たカミーユも、真似(まね)をしてそれを噛み取り、ぷにぷにとした弾力を楽しんでから、奥歯で押しつぶした。

「わ……」

濃厚な甘い果実の味が広がる。酸っぱさのない芳醇(ほうじゅん)さだ。

「美味しいわ！」

食べたのは初めてだったが、小さな粒に詰まったうまみにびっくりした。

皿に載せられていた十個ばかりの花ベリーを、一つずつつまんでは食べていく。可食部はわずかだったが、一つ一つの粒にぎゅっとうまみが詰まっていたから満足できた。

癖になりそうな芳香が、口の中に残る。

「よければ」

アイザックがテーブル越しに、自分用の小皿を差し出してきた。

手元を見れば、カミーユの分の花ベリーは残っていない。アイザックが渡してくれたのは、彼用の花ベリーが入った皿だ。

「いいの？」

カミーユは手を差し出す前に、おずおずと聞いた。

アイザックがこれを食べて、いつになく美味しそうな顔をしていたのを見ている。

それだけに、彼の好物を奪ってしまうような気分になった。

「ああ、食べてくれ」

アイザックは皿を差し出す手を引いてくれないので、ありがたくそれを受け取ることにした。

今度は一粒ずつ、大切に味わいながら食べていると、アイザックは言ってくる。

「花ベリーは遠い南国で育つものらしい。だが、その美味しさに魅入られたとある貴族が、我が国の温室でも育てられるようにしたそうだ。それが陛下に捧げられた。まだあまり出回ってはないのだが、口に合うならよかった」

「うちでも、いずれ育ててみたいわ。温室って、最近流行のガラスの小屋のことよね？」

アイザックは庭のことまで顧みる余裕がないようだが、カミーユは家令と庭のことについて少し話し合っている。

庭師の人数も増やされ、薔薇のアーチや、ハーブや小花などを植えていく計画が作られつつあった。その話題の中で、温室のことも出てきたのだ。

温室を作ることができたならば、いずれは花ベリーを育てることも考えてもいいだろう。

「そうだな。ならば、この花ベリーの栽培について、詳しいことを聞いておこう。苗も入手できるようにする」

「お願いします」

カミーユは嬉しくなって笑った。

何だか、幼いころにした人形遊びのような暮らしが続いていることに、ドキドキする。

明るい光の入る食堂と、そこに並んだ美味しい朝食。向かいには、好みの顔をした夫。そのアイザックは、とても優しくて——。

——ジョゼフと結婚していたら、きっとこんなではなかったわね。

まだこのカロリング家に完全に馴染んでいない感覚はあったが、その分、新鮮味がある。

——カロリング派の人たちが、こんなふうだとは思ってなかったわ。

そこまで考えて、カミーユは思いきって口にした。

「あのね。すごく変なのよ」

「何だ？」

「派閥の対立のことよ。私はずっと、カロリング派の人は嫌な人ばかりだと言われて育ってきたわ。だけど、ここに来たら、みんなとても親切なの。私が言われてきたことは何だったのかって、すごく混乱しているんだけど」

アイザックもその両親も、派閥の対立には消極的だったと聞いた。ナンバーツーの年寄りの当主が亡くなった今、カロリング派にはあまり対立に積極的なメンバーはいないのだと。

「派閥間で対立したことで、プラスになることは何もない。対立をあおり立てるのは、敵を作ることでしか、内部をまとめられない無能な当主がすることだ」

その言葉に、ドンピエール家の人々の顔が思い浮かぶ。確かに彼らが率先して、カロリング派との対立をあおり立てていた。

カミーユも幼いころは「そうでもないんじゃないの？　カロリング派の中にも、いい人はいるはずよ」と正義感と道徳心とで考えていたはずだった。だが、両親を筆頭に、周りにいる人間がやたらとカロリング派のことを悪く言うので、そういうものかと流され始めていた。

――だけど、両親は素敵な贈り物をもらって、ころっと寝返ったわ。それに、ドンピエール派の当主も、こういう事情だからって、アイザックとの結婚を許可してくださったし。

対立が根深いものならば、いくらジョゼフの軽挙妄動があろうとも、両派閥間の結婚は許されないはずだ。だとしたら、これは解決できるものではないのか、とカミーユは考える。

アイザックにとってもどうなのか知りたかったのだが、彼は思わぬことを口にした。

「よければ、明日から始まる市を視察しないか？」

「え？」

カミーユは思わず目を輝かせた。

王都では十日ごとに市が開かれている。

アイザックによれば、明日からのものはそれとは違って、季節ごとに開かれる大きな市だそうだ。近隣の国や都市から商人たちが商品を持ち込み、まずは商人同士の取引を行う。その後で、一般の人々に残ったものが売られることになる。

最終日にはお祭りが重なり、とても華やかな状態になるらしい。

「行きたいわ！」

カミーユは市が大好きだった。

領地では何度も行っていたし、王都の市にも幼いころに一度だけ、こっそり出かけたことがある。だが、そこで迷子になって全てが親に知られ、それからは絶対に許してもらえなくなった。

幼い子供はかどわかされるから、といった理由で。成長してからは、やっぱり人さらいにあうから、という理由で許されることはない。

だけど、幼いころに一度だけ見た市の様子がまぶたに灼きついている。露店に並んだ、珍しい品々。モンパサ侯爵邸にも異国の品々が並んだギャラリーがあるのだが、つんと取り澄ましたようなそれらとは違って、異国情緒あふれて素敵だった。

今は馬車で遠くから眺めて通り過ぎることしか許されていなかったが、市に並んだ商人たちの風体も、遠い異国を思わせた。

即答したカミーユに、アイザックはうなずいた。

「たまに視察をしている。どんなものが売買されているのか、不穏な動きはないか。お忍びでの視察だから、あまり楽しくないかもしれないが」

若い娘が市に行くのは危険だと言われていたが、アイザック自らが同行してくれるのなら心配はないはずだ。

「市に行けるだけで、嬉しいわ」

モンパサ領の市も思い出す。

王都のものよりもずっと小規模なものだったが、露店に並ぶ品々を眺め、大道芸人が火を吐く姿に目を丸くしていた。

「私、領地にいたころは、よく市に行っていたのよ。モンパサ領は治安がよくて、顔見知りの商人なんかが私を見かけて、こっそりお供についてきてくれたの。王都では一度しか行ったことがないから、楽しみだわ」

「王都のは、どうして一度？」

「迷子になって、家中、大騒ぎになったからよ。それからは、決して行ってはならないと、お父さまと約束させられたの」

モンパサ領で幼少時代を過ごしたカミーユが王都にやって来たのは、十歳をちょっと過ぎたころだった。

王都に並ぶ巨大な貴族の屋敷や、馬車が連なった行列に目を丸くした。何より驚いたのは、王城の巨大さと見事さだった。

あのような大きな建物は、今まで見たことがなかった。その後で連れていかれた教会の大きさにも度肝を抜かれた。

——とにかく、建物の規模がどれも、今までのものとは違っていたのよね。

その王城からまっすぐ延びた整備された道の左右に、さまざまな貴族の屋敷が連なる景色がすごくて、立ちすくんだのを覚えている。

ドンピエール派の館で行われる、子供相手のさまざまな催しごとも華やかで楽しかった。

カミーユはそれらの全てに夢中になったはずだ。

ただ気になったのは、ドンピエール派とカロリング派に、貴族たちがぱっきりと別れていたことだった。

カミーユはその二つの派閥の対立というものを、王都に来て初めて体感した。

領地で純粋培養された子供だ。王都に来て最初に教えられたのが、カロリング派の子とは仲良くしないように、ということだった。

対立する派閥の子をパーティに招いたり、その相手から招かれたりすることはない。王城の催しごとでたまたま両派閥が居合わせるようなときでも、対立する派閥の子供とはしゃべってはいけない。できるならば、視線すら合わせないほうがいい。

そのことに、まずはビックリした。領地では皆と仲良くしろ、意地悪をしてはいけない。そんなふうに教えられてきたからだ。だから、誰かを無視する、という悪行が許されることに、ひどく驚いた。

王都は何もかもが豪華だ。だが、そこには見えない対立がある。そんな『大人の世界』を垣間見たことで何もかもが信じられなくなったときにこっそり出かけたのが、その王都での市だった。

モンパサ領でなら、市に何度も出かけている。だが、両親に許可を求めたら、きっとダメだと言うだろう。

箱入りの小娘ではあったが、それでも好奇心が抑えられなかったカミーユは両親が馬車に乗って王城へと向かうのを待って、昼過ぎにこっそり屋敷から抜け出した。

王都はひどく広く、市のあるところまで歩いていくだけでも大変だった。大通り沿いをずっと歩いていけばよかったから道には迷わなかったが、かなり時間がかかったはずだ。

だけど、その市の楽しさは覚えている。

それに、途中で迷子になってしまったとき、カミーユの手を引いて、誰かが屋敷まで連れ帰ってくれた。そのときの、大きくて温かい手――。

――あれ……？

心のどこかで、何かがうごめいた。

自分はあのとき、その人と何かを約束したのではなかっただろうか。

当時のカミーユにとっては、大きな約束だったはずだ。

何年も大切に心の中に抱えていたのに、日々の中で少しずつかき消えてしまったもの。

――あれって、何だっけ……。

その人の顔さえ思い出せない。

カミーユの追憶は、アイザックの声で破られた。

「ならば明日。市を回ろう。お忍びだから、変装してくれ。侍女に市に行くと伝えれば、彼女たちの普段着を貸してくれるだろう」

――侍女の普段着！

思っていたよりも本格的なお忍びだと知って、カミーユはわくわくした。

幼いころは着替えをしていく、などといった知恵はなかったが、今なら上手に変装できそうだ。

「あなたも、地味な服装にするの？」

「ああ。商人風に。途中から馬車を降りて、人々に紛れる」

「いいわね！」

それはすごくときめいた。

翌日、アイザックは王城に出かけていったが、昼過ぎに帰ってきた。それまでに、カミーユは侍女に手伝ってもらって、支度をしておく。

アイザックが言っていた通りに、侍女の普段着を一式、貸してもらった。

カミーユのくるくるとウエーブしたストロベリーブロンドの華やかな髪はスカーフでおおかた包みこみ、膝丈よりも少し長めの、ふわっとしたスカートを身につけた。コルセットは着けず、胴着できゅっと締めるだけだから、とても動きやすい。

たくさん歩くかもしれないと侍女に言われたので、靴だけは革製の上等な編み上げの品だ。

その格好で待っていると、アイザックがやってきた。商人風と言っていたが、想像していたよりもずっとシックで素敵だ。黒一色のフード付きの外套に、膝までの黒革のブーツ。さらに、荒事になったことを予想しているのか、手甲まで装着していた。腰には短剣が下がっている。

派手ではないが、何だかとても格好がいい。お忍びの高貴な人に見える。

「ふふ」

カミーユは目を細めて、しばしその姿に見とれた。豪華な装飾品はつけていないし、布地もそこまで高価なものは使っていないはずだ。だが、こんな格好をすると逆に、アイザックの気品が際立つ。

目つきもやたらと鋭いし、がっしりとした肩や身体つきも、外套の上から見てとれた。こんなアイザックにちょっかいを出そうとする荒くれ者はいないだろう。

アイザックは自分に見とれているカミーユの前に立って、そっと頬をてのひらで包みこんできた。その皮膚の分厚さが感じられる指先で、愛しげに頬をなぞる。

こんなときのしぐさが好きだ。

そうするときのアイザックの眼差しも、とても優しく思える。

「……っ」

こんなふうに触れられるたびに、鼓動が騒ぐ。自分がアイザックにとって大切なものになれた気がした。

ドキドキで胸が一杯になる。こんなふうになるのは初めてだから、どう振る舞っていいのかわからない。もっと触れて欲しいし、心臓に悪いから止めても欲しい。

「すごく可憐(かれん)だな」

そんな言葉で追い打ちをかけられて、カミーユの頬は一気に桜色に染まった。

——本当?

アイザックの目に、自分がどんなふうに見えているのか知りたい。

カミーユが今の姿のアイザックに見とれたように、彼も自分の町娘の姿を新鮮に思ってくれたのだろうか。

ドレスやさまざまな宝飾品で飾り立てていなくても、素のままに近いこんな姿で大丈夫なのか。

「本当？」

「ああ。かどわかされそうで、心配だ。今日は俺から離れるな」

そう言って、アイザックは手を差し出した。

「行くぞ」

馬車に乗って、町に出た。

今日は王都の下町エリアまで、長い距離を移動することになる。こんなところまで歩いた幼い自分の健脚に、今さらながらにビックリした。

市が開かれている近くで馬車から降りる。馬車はそのまま走り去り、何時間か後に、御者と決まった場所で落ち合うそうだ。

御者とアイザックとの慣れたやりとりに、カミーユはますますこのお忍びが楽しくなった。

カミーユは町並みを新鮮な気持ちで眺めた。

古い石造りの小さな家が建ち並ぶこのエリアは、かつての王都の範囲らしい。王都はどんどん発展しているから、新しい町並みがその外側に広がっている。

カミーユはアイザックに先導されて、市が開かれている通りまで歩いた。

複雑に曲がりくねった石畳の道の左右に少しずつ露店が増えていき、じきにそれらがびっしりと立ち並ぶようになる。広場に入るとそこにはところ狭しと露店が立ち並んでいた。

それらを眺めながら、カミーユは足を止めることなくアイザックと手をつないで歩いた。きょろきょろと左右を眺め、どんな景色も見逃すまいと必死だ。

市には他国や近隣の都市からやってきた商人以外にも、王都の職人連合の店、王都の住民が作って余った農産物や家畜の肉、生活用品などが売られていた。

本格的な商人のエリアに入ると、遠い異国から運ばれてきた見事な毛織物や、つややかな皮革の小物。南方の島々から海路で運ばれてきた絹などが、それぞれのテント内を華やかに飾るようになる。

アイザックが歩きながら、売買の仕組みを教えてくれた。

この市に集まる品がどんなルートで届くのかも、詳しく説明してくれる。

そんな話を聞いていると、近隣の国々をとても近くに感じた。ここは、生きた勉強の場だ。

国の外にそのようにたくさんの国があるというのに、国内で派閥に分かれていさかいをしているのが、バカげたことに思えてくる。

カミーユがあちらこちらを興味深く見回しているのを見て、アイザックが言ってきた。

「気にいったものがあったら、買ってやるぞ」

「本当に？　布地でもいいの？」

「ああ。何でも」

すごく嬉しかった。

カミーユは自分で何かを売買したことがない。身につけるドレスは、どれも屋敷にやってくる仕立て屋によるオーダーメイドだ。

王城に着ていくドレスは、家格を踏まえての細かな決まりがあるから、好きなようには仕立てられない。好きな布地も柄も選べない。だが、屋敷の中で着るドレスなら、どんなものでも許されるはずだ。何せ当主自らが、布地を買ってくれるのだから。

「私、お買い物をするの、初めてよ」

幼いころ、領地や王都の市をうろついたときも、お金を持たなかったから買い物できなかった。ただ眺めて歩いただけだ。

それでも楽しかったというのに、初めて買い物ができるのだと思うと、気持ちが浮き立つ。

カミーユは、一段と人目を引く布地の露店に近づいた。そこは人気で、たくさんの人だかりがあった。

目を引く鮮やかな布地を間近から眺め、ちょっと違うと思って、その横に置かれていた可愛い色彩の布地に視線を移す。

大勢の客がいたというのに、店主はカミーユたちに気づいて寄ってきた。

言葉巧みに売りこみながら、カミーユにその布地を触らせてくれる。これは、ラハナーという国から運ばれてきた本物の絹だそうだ。

店主の言葉は信用ならなかったが、手に触れる布地の感触によって、これは紛れもなく本物の上等な布地だとわかる。

「素敵ね」

店主が次々と披露する布地に目を輝かせながら、カミーユは一番好みの布地を選んだ。ちらっと、アイザックを見て言ってみる。

「これが……いいんだけど」

買ってくれるだろうか。カミーユは店主が口にした値段が、高いのか安いのかわからない。

アイザックはうなずいて、店主と慣れた様子で値段交渉を始めた。ドレスを作るにはどれくらいの長さが必要なのかという相談を経て、それが購入される。

しばらくして布地は別の布にくるまれ、コインと引き換えにカミーユに手渡された。

——買ったわ！

それが嬉しくて、カミーユは布地を両手で抱えこんだ。初めての買い物はわりと重い。だけど、嬉しい。ドキドキする。

アイザックがカミーユから布地を受け取ろうとした。持ってくれようとしているらしい。

だが、カミーユはぎゅっと布地を胸に押しつけた。

「いいの。私が持っていたいの」

買い物できたのが嬉しい。何か少しだけ、人として成長したような気がする。

「ふふ」

嬉しそうなカミーユを見て、アイザックは無理に布地を奪おうとはせず、空いた手でカミーユの手を握った。

さらに進むと、どんどん人が増えてきた。

はぐれないようにアイザックと手をつなぎ直しながら、賑（にぎ）わう市を進んでいく。

他にもアクセサリーや可愛らしい装飾品など、気になる店がいくつかあった。

カミーユが何かに気を取られているのに気づくと、アイザックは足を止め、「いるか？」と聞いてくれる。

だが、カミーユは首を振った。布地を買ってもらっただけで十分だ。その一つの体験が宝物のように胸に宿っている。だが、ふと気づいて服を貸してくれた侍女のためにアクセサリーを一つ買ってもらった。

歩き疲れて、足が少しずつだるくなってきたころ、カミーユはふと思い出した。

「私ね。あと一つ、やってみたいことがあるの！」

喉も渇いてきたこのタイミングなら、ぴったりの願いごとだ。

「何だ？」

「街角で、エールを買って飲みたいの」

エールは庶民に人気の飲物で、市のあちこちで売っている。

今も広間の端に、その露店があるのが見えた。

貴族はエールではなく、ワインを好む。カミーユの母はエールは息を臭くして歯を悪くし、お腹の中を悪いガスで満たす、と否定的だった。

だが、カミーユが馬車で町を通りがかると、人々がエールを飲んでいるところが見える。それを見るたびに、飲みたくなった。

とても美味しそうで、憧れの飲物だった。

「そうか。だったら、それをかなえよう」

アイザックは楽しげにうなずいた。

エール売りは広場の中に、何人もいる。

アイザックは見回してから、修道女が売っているエールの店にカミーユと向かった。

カミーユのために蜂蜜入りのエールを、自分用にはシナモンの入ったエールを注文する。

しばらくしてから、角をかたどった金属製のカップに入れられたエールが、アイザックの手からカミーユに渡された。

二人でその露店から少し離れ、広場にあった彫刻のそばで、それを味わうことにする。

エールを飲むのは初めてだ。少し苦くはあったが、意外なほど爽快な飲み口だ。歩き疲れて喉も渇いていたから、ごくごくと心地よく飲み進める。

こうして街角で立ったまま飲むことにも、ウキウキした。そこを行き来する人々を眺める。

「美味しいわね」

「口に合うか？」

「もちろんよ」

アイザックが注文したシナモン入りのエールも、味見させてもらう。そちらも香辛料の味がして美味しかった。

少し量が多く感じられたが、どうにか飲み干す。

空いたカップを、アイザックがエール売りに返してくれた。その間にカミーユに若い男が何か話しかけようとしてきた。どこかに行こうと誘ってくる。

だが、アイザックが怖い顔で戻ってきたのを見て、焦った様子で遠ざかっていく。そんなのも何だか面白い。

――ふふ。アイザック、変装していても顔が怖いものね。

だけど、カミーユにとってアイザックは怖い人ではない。少しエールで酔ってもいたので、腕をからめてぎゅっとくっついてみる。

アイザックがからかうように目を細めた。

「どうした？　ご機嫌だな」

「そうよ。幼いころから憧れていたことが、みんなかなったのだもの」

「そうか」

アイザックにとっては、市に出ている露店で買い物をしたり、街角でエールを飲むのは、造作もないことなのかもしれない。

だけど、カミーユにとっては大きな進歩だった。

それを笑い飛ばすことなく、アイザックがうなずいてくれたのが嬉しい。

それに勇気を与えられて、カミーユは言ってみた。

「私ね。幼いころにこの市に来たことがあるのよ。迷子になって困っていたところを、誰かに家まで送ってもらったことがあるの。その誰かに会えたら、お礼を言いたいわ。もう顔も覚えてないんだけど」

「顔も覚えていない人に会っても、そうとわかるのか」

アイザックに返されて、カミーユは言葉を失う。

覚えているのは、その人の手の感触だ。

彼はとても背が高く、見上げると首が痛かった。それもあって、ちゃんと覚えていないのかもしれない。

――だけど、似てるのよね。

その人のことを思い出したのは、市を歩く最中にずっとアイザックの手を握っていたからだ。

皮膚が分厚くて、硬いてのひら。

ゴツゴツとマメのある彼の手は、アイザックのものとよく似ていたように思えてならない。

アイザックは不意に口元に柔らかな笑みを浮かべた。

空を見上げて、遠い思い出を呼び寄せているような優しい目をする。

「昔から、市にはよく来ていた。治安の様子がわかる上に、庶民の暮らしもわかる。中でも覚えているのは、今から八年ぐらい前に、ここで迷子になった女の子を見つけたときのことだ」

「え」

思わぬ符合に、ドキリとした。

「迷ったのか、泣きべそをかいていた。人々がその子を遠巻きにしつつも、なかなか話しかけられずにいたのは、その子が着ている衣服が上等だったからだ。一目でわかる、貴族の娘。下手に関わったら、子供をかどわかしたと誤解され、その家の家来たちに暴力的な扱いを受ける可能性がある」

まさか、と仰天しながら、カミーユはアイザックをまじまじと見た。

アイザックはカミーユを見つめて、言葉を継いだ。

「だから、人々はその可愛い娘を泣き止ませたいと願いながらも、手をこまねいているしかなかった。俺には一目で、その状況が理解できた。――だから、俺はその子に話しかけ、どこの家の子なのか聞き出して、家まで送り届けることにした」

どく、どくと鼓動が少しずつ速くなっていく。

カミーユはそのときの自分の記憶を、可能なかぎり思い出してみようと必死だった。

記憶に刻まれているのは、手を引いてくれた大きな手だ。もう大丈夫だよ、と言ってくれた、声の響き。

「あれは、あなただったの」

カミーユは呆然としながら言った。

まさか、自分が以前、アイザックに会っていたなんて知らなかった。

アイザックのほうはずっと覚えていたのだろうか。彼が自分と結婚したのは、その過去の出来事と、何らかの関係があるのか。

アイザックが肯定するように柔らかな笑みを浮かべたので、カミーユは続けて尋ねてみる。

「当時の私は、どんなふうでしたの？」

「君はよくしゃべった。人みしりのない、可愛らしい笑顔が印象的だった。壊れそうな、小さな手。子供の体温は高くて、指の力が強かった。この付近から貴族の屋敷が建ち並ぶエリアまでうちの馬車に乗せて連れ帰ったのだが、その途中で君が言った言葉が胸に染みた」

「え？　何て？」

カミーユは戸惑った。

その記憶はない。

幼い自分は、失礼なことを言わなかっただろうか。

「おしゃまで、可愛い女の子だったよ。口を尖らせて、言った。『お母さまは、みんなで仲良くしなさいって言うのに、カロリング家の人については悪口を言うのよ。みんなで仲良くしないとダメなのに』」

「えっ」

カミーユはじわりと赤面した。

まるで記憶にない。

だけど、そんな言葉を口走った心情については、納得できる。

王都に来てから、やたらと二派閥の対立が気になっていたからだ。

どうして二派閥の仲が悪いのかわからず、納得できずにモヤモヤしていた。

「そんなことを、……私が？」

「ああ。君はモンパサ家の令嬢だと、その前に教えてもらった。君にとっては俺は敵だったから、館まで送り届ける道すがら、尋ねてみた。『だったら、君は俺がカロリング家の人だとしても、仲良くしてくれるの？』」

「何て答えたの？」

ドキドキする。

心配になった。

迷子を見つけて屋敷まで送り届けてくれたアイザックに、自分は失礼なことを口走らなかっただろうか。

「思い出せない？」

からかうように見つめられ、カミーユは必死になった。

ここでちゃんと覚えていて、その言葉を答えられたら、運命の恋人みたいで素敵だ。だが、
カミーユの頭はそのときの記憶をとっくに手放してしまったらしい。

「ええと……」

頑張っても、何も思い浮かばない。

だから、カミーユは当時の自分の気持ちに立ち戻って、その場にふさわしい答えを考えてみ
ようとする。

――まず、否定はしないわよね？

両派の対立を、幼心に苦々しく思っていたのだ。

カミーユは思いきって、口にした。

「『もちろんよ！　あなたがカロリング家の人であっても、結婚してあげるわ』」

「……っ」

精一杯考えた言葉を口にしたのに、アイザックは絶句したようだ。

――あれ？

カミーユは戸惑う。

この答えは、間違いだっただろうか。

だったら正解は何かと求めてアイザックの端整な顔をじっと眺めていると、その顔がじわじわと赤面していくのがわかった。

――え？　……照れてる？

その態度にカミーユは戸惑った。正しい答えが何だかわからなくて焦る。十歳の子供が結婚してあげると言うなんて、ちょっとおしゃますぎただろうか。

――だけど、言っていたかもしれないわ。お父さまに「結婚してあげる」って言うと、すごく喜んだのを、今でも覚えているから。

幼かった自分にとっては、父への殺し文句だった。誰にでも言っていたわけではなく、父ぐらいにしか言っていないはずだが。

自問自答しているうちに、アイザックはどうにか動揺を鎮めたようだ。まだ赤い顔をしているアイザックに尋ねてみた。

「間違えた？」

さすがに、『結婚してあげてもいい』とは言っていないかもしれない。

「いや、正解だ」

「えっ」

その答えに、カミーユのほうも真っ赤になった。

その顔を見て、アイザックはのそりと言葉を重ねた。

「おしゃまで可愛らしく、髪に誇らしげにリボンを飾っていた君は、まずそう言った。『もちろんよ、あなたは素敵だから、ドンピエール派の素敵なお嫁さんをもらうといいいわ』って」

――うわわああああああ……！

いかにも自分が言いそうなことだ。少し知恵がついて、友達を紹介してあげる、みたいな社交性を発揮していたのかもしれない。

カミーユは両手で、赤い頬を覆った。

「私、……そんなこと？」

「ああ。話はまだ続く。『カロリング家の俺と結婚してくれる人はいないかもしれない』と答えたら、君は何て言ったと思う？」

また意味ありげに尋ねられて、カミーユはぐっと歯を食いしばる。

先ほどは乗せられたが、今度こそ騙されない。

「『きっと見つかるわよ』？」

「『だったら、私がお嫁さんになってあげるわ』」

とどめを刺されて、今度こそカミーユはいたたまれなくなった。

――キャー……！

叫び出したい気分になる。

もしかして、アイザックが自分を娶ってくれたのは、その約束があるからだろうか。

そもそも、幼い自分が口走ったというその言葉は、本当なのか。

アイザックは優しい目をして言った。

「モンパサ家の前で、君と別れた。中まで送ると、面倒なことになるからな。君と別れてから、俺は考えた。あのような小さな女の子まで心配させる派閥の対立に、意味があるのだろうかって。派閥の長として、俺にはこの対立を止めさせる責任があるのではなかろうか」

「あなたが派閥の対立をなくそうって思ったのは、それがきっかけってわけでは……」

「その前から漠然と考えてはいたけどな。具体的に動かなければならないと、決意したのはそのときだ」

ドキっとした。

まさか、自分がそんな大きな決断に関わっていたとは知らなかった。

だけど、その努力がカミーユの現在の境遇につながっているのだろうか。カミーユがドンピエール派の出身で、カロリング派では敵視することなく受け入れてくれている。

だが、問題なのは、ドンピエール派のほうだ。

いまだにカロリング派を敵対視している。その先頭に立っているのは、ジョゼフだ。彼がドンピエール家の次期当主になったら、両派の対立はなくならない。

「もしかして、私と結婚してくれたのは、そのときの言葉に関係しているの？」

ドキドキしながら、尋ねてみた。

どうして対立する派閥のジョゼフが自分を娶ってくれたのか、不思議でたまらなかった。

両派の和解を望むカミーユを娶ることで、対立を緩和させようとする意図があったのだろうか。

「だけど私、あなたのようにずっと和解すればいいと思っていたわけじゃないわ。そもそもジョゼフと婚約していたし、空気に流されて対立の片棒を担いだかもしれない」

「俺にあんなことを言った君の成長が、ずっと気になっていた。モンパサ邸はうちの斜め向かいだ。二階の大広場の窓辺に立てば、ちょうど君が玄関で、馬車から乗り降りするところが見える」

「……っ！　見てたの？」

「君がだんだんと綺麗になっていく姿を、時折、見守っていた。君の気持ちが成長しても変わらないのだったら、両派閥の和解のために、君を娶りたいといつしか願うようになった」

アイザックの言葉に、どくんどくんと鼓動が乱れていく。

こんなときでないと、アイザックは本心を伝えてくれない気がした。だから、カミーユは息を詰めてその言葉に耳を澄ますしかない。

「だけど、急いではダメだ。まずは君自身の気持ちを確認したい。そう思って、社交界デビューを待っていた。だが、そのときにはすでに、君はジョゼフの婚約者だった」

あまりにアイザックががっかりした顔をしたので、カミーユは笑ってしまう。

「ジョゼフとはだいぶ昔に、婚約が決まってたのよ」

対立した両派閥間だから、情報もスムーズに流れないのだろう。

困惑しながら言うと、アイザックはうなずいた。

「そうらしいね。知ったのは、君が社交界デビューした日だった。その日には、周りに何と思われようと、最初に君にダンスを申しこむつもりで気負っていた。ダンスを踊りながら、君に過去の約束を覚えているか、尋ねようと思っていたんだ」

そんな出来事がアイザックの中で進行していたなんて、カミーユは少しも知らなかった。

あの日、カチンコチンに緊張して、社交界デビューした。白のドレスに身を固めて、身分の高いものから両陛下への謁見を受けた。

お言葉を賜ったことで、社交界にデビューする資格が得られる。その後で、父に付き添われて舞踏会に参加した。

最初に踊ったのは、もちろん婚約者のジョゼフだ。

そのときの光景を思い起こしながら、言ってみる。

「あのとき、あなたに申しこまれていたら、大変な騒ぎになっていたかもしれないわね」

何せドンピエール派の後継者の婚約者に、対立する派閥の長であるアイザックが挑む形になるのだ。

ジョゼフは喧嘩っ早いから、その場で大喧嘩になっていた可能性もある。

「全く気づかなかったわ。そのときは、どうしたの？」

「ジョゼフと踊り始めた君を見ていられなくて、庭に出て、闇雲に歩いた。——あのときかな。君にすっかり恋していることを自覚したのは。……ただ一度、幼い君と話しただけだ。なのに、すっかり骨抜きにされていた」

「あら」

「君が屋敷から外に出たとき、空を見上げて快活に笑う表情や、馬車に乗るのを手伝う使用人に軽く会釈する姿も、好ましいと思ってた。ただ、君を遠くから見ているだけで、好きになったんだ。君以外の誰かなど、目に入らなかった」

その言葉にぞくっと身体が痺れる。そんなアイザックの視線など、一度も気付いたことはなかった。

「だったら、……もしかして、ジョゼフが婚約破棄を言い渡したときに、あなたが出てきたのは」

アイザックはその言葉に、いつになく人の悪い笑みを浮かべた。

彼がそんな表情を浮かべるのを、初めて見たような気がする。だが、悪い表情も魅力的で、目が釘付けになった。

「絶好のチャンスだと思った。あの賭けに勝つことだけに、全神経を傾けた」

あのときのアイザックに、そこまでの気負いがあったなんて知らなかった。

敵派閥の長があえて自分を娶ろうとするからには、ろくでもない陰謀が隠されているに違いないと思いこんだのだ。

――私だけじゃないわ。うちの両親も、疑ってたわ。

「私は、馬と天秤にかけられたことで、ショックを受けてたんだけど」

「すまなかった。悪いのは、全部ジョゼフだ。彼が君を幸せにできる男だったら、おとなしく身を引くつもりだった。だけど、公衆の面前で君を罵倒するのが許せなかった。反射的に、身体が動いていた」

「そう」

カミーユはうなずいた。

アイザックの言葉は、とても嬉しい。だけど、そのままこの言葉を受け止めていいのだろうか。

――まだ、……わからないわ。

カミーユがすっかりアイザックに丸めこまれてしまったにもかかわらず、アイザックの目的が両親の言った通りにモンパサ家の財産だったら、大切な弟が犠牲になる。その言葉の真偽をもっとしっかり確かめてからでないと、心を許してはならない。

――だって、ビックリすることだらけで、心にストンと落ちていかないわ。

そんな思いが表情に出ていたのか、軽くうなずかれた。

「今は、全てを信じなくてもいい。君が受け入れられるときに、受け入れてくればいい。だけど、君を娶ったことも合わせて、今後は両派閥の和解を積極的に進めたいと願っている。厄介なのは、ドンピエール派の当主。……その後継者のジョゼフ」

「ドンピエールのご当主さまは、今の宰相さまよね。強固にカロリング派を敵視しているわ。それに、ジョゼフも厄介」

今の宰相はかなり悪い病を患っており、そろそろ命があやういらしい。

自然と、次の宰相がジョゼフとアイザックのどちらになるのか、という話題が社交界では持ちきりとなり、おそらくアイザックになるだろうと、二人を知っているカミーユは思う。

だが、宰相になれなかったジョゼフは、余計にアイザックを敵対視するに違いない。

「そうだな。君を娶ったことで、ジョゼフは俺を憎んでいるだろうし」

アイザックはため息をついた。

それに妙案は見つからなかったが、アイザックが自分を娶った理由を知ることができただけでも、カミーユにとっては大きな一歩だった。

第六章

お茶会に集う事情通の貴婦人の話によると、若くしてカロリング家の当主となったアイザックは、当初は何かと派閥の反感を買っていたらしい。

愛想がないのに加えて、当主として派閥をまとめようとする気概が感じられない。

派閥の利権を確保することよりも、国としての利得を考える。そんなアイザックは、なかなか理解されなかったそうだ。だが、次第にその意図が伝わり、カロリング派の中では派閥の和解を求める人も多くなったと聞いた。

——そうよね。だって、意味のない対立だし。国の発展を考えたら、力を合わせたほうが。

ドンピエール派は社交ばかりに熱心で、舞踏会や晩餐会、お茶会などの行事が目白押しだった。

だが、カロリング派では勉強会が盛んだ。軍務などで当主が留守のときには、残された妻や娘が領地管理を代行するときがある。それらに備えるという勉強会に誘われて、カミーユは戸惑った。

さらには自分の領地が戦争に巻きこまれたときのために、戦闘の指示を与えるための勉強会まであるらしい。

カミーユはフランソワーズに紹介されて、興味があるいくつかの勉強会に次々と参加した。どれもひどく興味深くて、実用的なのが気にいった。

――家庭教師からは、こんなこと、教わったことがなかったもの。女性はひたすら社交、読み書き、計算、縫い物ができればいいって方針だったわ。……一応、領地管理や歴史の勉強もしたけど、あまり本格的ではなかったし。

万が一、領主が戦線を離脱しなければならないケガを負い、その代理がうまく役割を果たせなかったときには、女領主の出番となるそうだ。それを思えば、勉強しておくに越したことはない。

こんな勉強はドンピエール派の令嬢の誰も習得してはいないはずだ。そう思うと、余計に楽しくなる。

――カロリング派は戦争の準備をしている、なんて噂を聞いたことがあったわ。それはきっと、こういう勉強会のことなのね。

実際にその勉強会に出席してみれば、それは敵対する派閥に対してのものではないとわかる。あくまでも自衛目的だ。自分の領地や、領民たちを守るための知識。

学ぶのはもともと好きだった。

だけど、あまり学ばせてはもらえなかった。

新しいことを学ぶと世界が開けていくような感覚がある。

何かあったときに、自分が力を発揮できると思うのは悪くない。自信を持てる。

社交に社交に重ね、べったりとした人間関係を作っては噂に明け暮れるドンピエール派の人々たちよりも、むしろこちらのほうがカミーユの性に合っていた。

だけど、ドンピエール派の中にも、きっとカミーユと同じように考える人が少なからずいるはずなのだ。

そう思うと、やはり両派閥の仲をどうにかするのが必要だと思えるようになった。

カロリング家の領地は広く、領民も多くて、国で一、二を争うぐらいの経済規模があるようだ。

経済についても詳しく勉強しましょう、とフランソワーズに言われたので、カミーユはそちらの勉強も始めるようになった。

アイザックがカミーユを娶ったのは、やはりモンパサ家の財産を乗っ取るためではないと思えてくる。何故なら、カロリング領から毎年、十分な収入があるからだ。

モンパサ家も交通の要衝となる良港を持っているのだが、もっとそこを発展させたら、良い税が入るのではないかと考えてしまう。

——弟も勉強させたいわ。もう少し、大きくなったら。こちらには、いい先生がいっぱいいらっしゃるし。

そのような勉強も始めたので、カロリング家での暮らしは何かと忙しくなる。

それでも毎朝、決まった時間にカミーユは目を覚まして、朝の準備を始める。その時間に遅れると、王城に出かけていくアイザックと一緒に食事を取ることができないからだ。

会話が多いわけではなかったが、アイザックと過ごすこの時間が好きだった。

フランソワーズは朝寝坊らしく、朝食の席には滅多に顔を出さない。

この屋敷に来て、早くも二ヶ月あまりが経っていた。

その朝、アイザックが言ってきた。

「今日の夕方、王城で宴がある。一緒に出席してくれ。陛下と妃陛下の間に、初めての女の御子が生まれた。そのお披露目の会がある」

「わっ!」

一ヶ月前に、無事に御子が生まれたと聞いていた。

カミーユはその言葉ににっこりする。

産褥で命を落とす女性は多い。まずは妃殿下が無事だということが喜ばしいし、その御子が健やかに育って、一ヶ月のお披露目会までこぎ着けたのも何よりだ。

すでに王には世継ぎの男子も、二番目の男子も生まれていた。二人ともすくすくと育っている。今回は待望の女の子だそうだ。

抱かせていただける機会もあるかもしれないと、アイザックに言われる。

カミーユは夕方、時間になってから侍女に手伝われて、その準備を始めた。

赤子の柔らかい肌を傷つけることがないように装身具などは控え、前面に金属や硬いものがないドレスを着用する。

それから、アイザックと待ち合わせた王城の控え室まで、馬車で出かけた。

アイザックはカミーユを見るとうなずいて、会場までカミーユをエスコートしてくれた。いつもの黒一色の礼服だし、王城ではことさらおっかない顔をしているように思えるのだが、その姿を見ても怖いと思うことは今はない。

あくまでも内々のお披露目会、ということらしく、招かれているのは高位の貴族ばかりだった。

その会場で、久しぶりにカミーユはジョゼフの姿を見かけた。

彼と顔を合わせるのは、婚約破棄されたとき以来だ。

すでにお披露目会が始まっていたが、遅刻したジョゼフは両殿下に挨拶する列に入り損ねていた。

それはジョゼフが列形成に間に合わなかったからだが、それでも自分は良い位置を占めるのが当然、とばかりに、強引に割りこもうとする。

それを見かねたのか、アイザックがさりげなく位置を譲って、自分の前に入れてやったのにカミーユは気づいた。

だが、ジョゼフはそのことに気づかなかったばかりか、アイザックに敵意に満ちた顔を向けてきた。

「フン。……その女を娶ったからって、俺に勝ったと思うなよ。不要になったものを、譲ってやっただけだ」

いきなりの暴言に、カミーユは内心でかなりムッとした。

――なんて言いざまなの……。

だが、横にいたアイザックが、カミーユよりもおっかない顔になった。さすがにその表情にはジョゼフも威圧されたらしくて、ごくりと生唾を呑んだのが伝わってくる。

それによって、カミーユの怒りはすううっと収まった。

それでも、アイザックの怒りは収まっていないらしい。

最近では無表情でいられても、その心の動きが少しだけ読めるようになっている。だから、カミーユは、さりげなくアイザックに自分の腕をからめた。

御前でいざこざを起こしてはならない。今日は祝いの宴だから、雰囲気が悪くなるのもできるだけ避けたい。

「大丈夫よ」

ささやいて、アイザックの腕に身体をすり寄せる。

あらためて、どれだけジョゼフがどれだけバカな男だったのか、思い知った。こんな軽薄で考えなしで、自分だけ良ければいいと考えている男と結婚することにならなくて、本当によかった。

アイザックはカミーユのその態度によって、機嫌を直したらしい。

その目にあったおっかない光が消え、そっと腕がカミーユの腰に伸びた。抱き寄せられて、くすぐったさを覚える。

少しずつ列は進み、アイザックとカミーユの挨拶の番になった。

王と妃殿下が見守る中、二人はおくるみに包まれて、幼児用のベッドで眠る御子の前に進み出る。

桜色のほっぺをした赤ちゃんが、とても愛らしく微笑んでいた。見ているだけで、カミーユもつられて笑顔になる。その小さな手で指をきゅっとしてもらいたかったが、触れるのを我慢していると、妃殿下が口を開いた。

「抱いてもよろしいわ」

抱くのは妃殿下が許した相手のみの、特別な計らいらしい。

カミーユはそのお許しを得たことに驚いて、妃殿下を見た。にっこりと微笑みかけられたので、恐縮しながらもう一歩前に出た。

「この身にあまる光栄でございます。おそれながら」

カミーユは慎重に、おくるみにくるまった御子をベッドから抱き上げた。小さな身体は想像以上の重みがあり、壊れもののように思えた。

だが、そっと抱きしめると、ミルクの匂いがふんわりと鼻孔をかすめる。

それだけでカミーユは感激しきって、アイザックにも抱く？　と視線を送ってみた。だが、妃殿下から許可をもらったのはカミーユだけだったからなのか、アイザックは軽く首を振った。

抱き上げたときのように丁寧に、カミーユは御子をベッドに戻した。腕の中にそのしっとりとした重みの記憶が残っている。

それを見守っていた王が、口を開いた。

「そなたらも、結婚したならばいずれ子ができよう。そのときには、我らにも抱かせてくれるとありがたい」

親しみのこもった言葉を賜って、カミーユは深々と頭を下げた。アイザックは王のお気に入りだと聞いていたが、このやりとりを聞いたら、確かにそうだと思えた。

アイザックの前にジョゼフも両陛下の前に進み出たが、御子を抱く許可は出ず、ちょっとしたやりとりだけで終わっていたからだ。

――私が妃殿下だったら、やっぱりジョゼフには抱かせないわね。何だか、粗雑に扱われそうだし。

「その折には――」

アイザックが深くうなずき、二人で御前から下がった。

王から掛けられた言葉が、カミーユの胸の中にどしりとした重さを伴って存在している。

──子ができたあかつきには、陛下が抱いてくださるって。

ふわふわとした赤子の感覚も、腕の中に残っていた。

これは子供を作れという命令だろうか。

結婚したというのに、カミーユはまだ子を成すことを拒んでいる。

それが悪いことのように思えて、罪悪感が増していく。

──貴族の結婚は、ほとんどが政略結婚だわ。より有力な家とつながることで、宮廷内での地位を上げるためのもの。

その名と栄誉を引き継ぐために、その貴族の血を継ぐ子供が必要とされる。カミーユはカロリング家の血を継ぐ子供を産む義務がある。だが、カミーユの子供はモンパサ家の血を継ぐ子供でもあるのだ。

──両親ともに、気をつけろと言ったわ。アイザックの意図が見抜けるまでは、子供を作ってはならないって。

母はそのための具体的な方法まで、カミーユに教えた。

だが、こうして王から言葉を賜ると、アイザックとの行為を拒むのが悪いことのように感じてしまう。

――それに、抱かせていただいた御子、すごく可愛かったわ。いい匂いもしたわ。ミルクの匂い。可愛い。愛しい。ちっちゃい。

あのしっとりとした重みを思い出す。

そんなカミーユの表情を読み取ったのか、傍らに寄り添ったアイザックが、ぼそっとささやいてきた。

「そろそろ、子供が欲しいとは思わないか?」

その言葉に、カミーユはドキッとした。

アイザックへの疑いを、かなり抱きにくくなっている。それでも、まだゼロになったわけではないのだ。

こんなふうにわざわざ持ちかけられると、やはり企みがあるのではないかと不安になる。

「まだ、……早いわ」

「そうか」

アイザックはしょんぼりとしたように見えた。

具体的にはまつげがほんの数センチ伏せられただけで、ほとんど表情が変わらない。だが、わずかな表情の違いが見抜けるようになったカミーユの目には、雨に打たれた子犬のように見えた。

――う……。

アイザックの表情の読み取り精度が上がるにつれて、だんだんと可愛く見えてくるから困る。

両陛下の第三子のお披露目会が終わったので、二人で会場から出た。

王城のそう遠くないところから、華やかな音楽が聞こえてくる。王城は広く、今日も舞踏会やさまざまな催しごとが行われているらしい。

ふと思いついたように、アイザックが言ってきた。

「舞踏会に寄っていくか？」

カミーユは驚いて、アイザックを見た。お披露目会は夕方から始まったから、まだより道の余地はあったが、社交嫌いだという彼に誘われるとは思っていなかった。

急に婚儀が決まったために、アイザックとは婚約の期間を経ていない。婚約者となったときから、令嬢はその相手と舞踏会で一番最初に踊る決まりだ。だが、それすらもアイザックとはしていなかった。

舞踏会に寄ろうというのは、一緒に踊ろうという誘いだろうか。

「そうね。踊りたいわ」

カミーユは答えてから、あらためて自分の服装を再確認した。装飾品などがないドレスを着用してはいるが、舞踏会にそぐわないほどではない。

アイザックもそうであることを確認してから、舞踏会が行われている会場に入っていく。今日のは招待状が必要ない舞踏会のようだった。カロリング家のアイザックだったら、招待状が必要な会であっても問題は無いはずだが。

王城で主催される舞踏会は、両派ともにバランスよく参加するのが決まりだ。

今日のような大がかりな舞踏会に参加するのはアイザックと結婚して以来初めてだったから、緊張する。

いきなり敵派閥の当主の妻となったカミーユのことを、ドンピエール派の人は快く思っていないだろう。カロリング家に嫁いでから、カロリング派の人々としか交流していなかったから、ここにいる半分ばかりが敵となるのだろうか。

──私のこと、裏切り者だと思ってる?

だが、そもそものきっかけを作ったのはジョゼフだ。そんなふうに自分に言い聞かせて、カミーユは胸を張った。

久しぶりの舞踏会への出席でもあって、自然と自分たちに注目が集まるのがわかる。

気負ってフロアの中央まで進もうとする。だが、カミーユが頑張るまでもなかった。

アイザックは背が高くて存在感があるから、近づいていくだけで自然と道が開けた。これは譲ってくれたというよりも、怖がられているのだろうか。

──だけど、アイザックは優しいのよ。とてもね。

自分だけが彼の秘密を知っているような気分になる。フロアの中心に陣取ってから、カミーユはふと尋ねてみた。

「踊り、覚えてます？」

舞踏会は苦手だと聞いた。アイザックはカミーユの手を取ると、少しだけ不安そうに眉を上げてみせた。

「久しぶりだから、身体が動かないかもしれない。そのときには教えてくれ」

アイザックはカミーユの腰に手を添えた。触れられると、ドキドキする。

カミーユが挿入を拒んでいるからか、閨でのあれこれは進まない。だけど、彼に触れられるのは嫌いではなかった。宝物のように優しく触れられるから。

——だけど、……容易く許してはダメ。……弟を守る必要があるもの。

本当は心を完全に許して、アイザックのものになりたい。陥落寸前なほどにアイザックを好きになりつつあったものの、最後の最後でカミーユを押しとどめるのは両親の言葉だ。

弟を守りたい。カミーユとしても、完全な確信を持って彼に抱かれたかった。

それでも、アイザックに傾倒していく気持ちを押しとどめることができない。ダンスのために抱き寄せられただけで、こんなにも骨抜きになっている。

踊り出すポジションに構えたまま、なかなかアイザックが動かないので、不思議に思って尋ねてみた。

「どうしたの？」

やたらと周囲の参加者からも見られている。

アイザックは困惑しきった顔を上げた。とはいっても、カミーユでもギリギリわかるぐらい、少し眉を寄せただけに過ぎない。

「入るタイミングがわからない。何せ前に舞踏会に参加したのは、ええと、……十八のときだった」

だとしたら、十年近く前だ。そんなにもダンスと縁遠かったとは知らなかった。

そんな表情にキュンとしながら、カミーユは微笑んだ。

「大丈夫よ。次から、始めましょう。……ここよ、……ほら、一、二、三、一、二、三」

流れてきたのは、カミーユがとても好きな曲だ。

久しぶりだというアイザックを先導するように、カミーユは足を動かした。踊るのは純粋に好きだったが、舞踏会となるとあまり気楽には過ごせていなかったのだと思い出す。

何せ最初は、婚約者のあのジョゼフと踊らなければならない。

彼のご機嫌取りから始まって、次に踊る人の選定。そのときの会話まで、やたらと気を遣わなければならない。

舞踏会というのは、結婚前の男女のお見合いの場であり、社交の場なのだ。

踊りながら、アイザックが言ってきた。

「このような華やかな場は、苦手だった。一度だけ出席したとき、大勢の令嬢にダンスを踊って欲しいと誘われて、どうしていいのかわからなくて逃げ出した」

その答えに、カミーユは思わず微笑んだ。

大勢の令嬢を前に、困惑しきっていたアイザックを想像しただけで、楽しくなってしまう。

「でしたら、今日は私が守って差し上げますわね」

出過ぎた言葉だと思いはしたが、彼のことが愛おしい。アイザックのことを知れば知るほど、好きになる。

——可愛いのよね。いかついのに。

アイザックはカミーユのその言葉に、心からホッとした顔をした。

「そうしてもらえると、助かる」

その表情と言葉に、トクゥンと鼓動が高鳴った。

ちょうど音楽が終わった。その後でじっと見つめられて、カミーユの鼓動はますます高まっていく。

彼の端整な顔と唇に視線が向かい、また彼とキスをしたい、と思った。

「庭に散歩に行かないか。君を案内したいところがある」

そんなふうに切り出され、カミーユはうなずいた。

大勢の人に囲まれて踊るよりも、アイザックとの二人の時間のほうが楽しい。そう思ったカミーユは、ドキドキしながら彼と庭に向かう。

大理石の外階段を使って、よく手入れがされた王城の庭に出た。

庭のあちらこちらに、かがり火が焚かれている。今日は月明かりが綺麗な晩だ。こんな晩に、庭をそぞろ歩くのは悪くない。

舞踏会の夜に、カミーユは誰かと王城の庭に出たことはなかった。

こんなとき、庭は密会によく使われるからだ。婚約者以外と散策していい場所ではない。

――ジョゼフとは、そんなふうに楽しんだことはなかったわ。彼にとって私は、何だったのかしらね。

そんなふうに考えていると、そっとアイザックが手をからめてきた。

手を握って庭に踏みこんでいくのは、何だかドキドキする。

王城の庭は巨大な暗がりではあったが、アイザックと一緒ならば、怖くはない。

ロマンチックな気分に満たされながら、月明かりに照らされた庭をどこまでも歩いていく。

昼間とは違って、風景が白と黒の二色でしかないのがとても新鮮だった。

開けた場所から木陰に入っていく前に、アイザックがふと足を止めた。

「まずは目を閉じて、暗闇に慣らす。今日ぐらいの月の明るさがあったら、それでどこでも歩ける」

言われて、目を閉じたまましばらくじっとしてみた。

握ったアイザックの手の感触を感じていた。少しざらついていて、分厚くなっているてのひら。

いつも剣などを握って、鍛錬している身体。

そのてのひらが、自分の肌を優しくなぞるときのことを思い出しただけで、身体がじわじわと熱くなる。

アイザックはカミーユにときめきも教えてくれる。

「そろそろいいだろう」

言われて、カミーユは目を開いた。すっかり目が闇に慣れ、少し怖かった木の陰も、よく見えるようになっていた。

木陰になっている散歩道を、さらに手をつないで歩いた。

夜の庭の美しさに魅了されながら、庭の奥まで歩いていく。こんなところまで、来たことはなかった。アイザックはどこかにカミーユを案内しようとしているようだ。

それがわかったのはアイザックが再び足を止め、横の小道を指し示したときだ。

「そこに、……光虫(ひかりむし)がいる」

散歩道には横道があって、アイザックが示したほうの小道には木々が生い茂っていた。そこに闇が滞っている。

カミーユ一人だったら、絶対に踏みこむことは避けてきた。

だが、言われてその暗闇に目を凝らすと、小さなオレンジ色の光がふわふわと木陰を移動していくのが見えた。光の正体は、小さな虫だ。夜間にはこうして光を灯(とも)して、飛び交う習性がある。

光虫を見たのは、幼いとき以来だった。

カミーユは成長してから夜間出歩くことを禁止され、舞踏会などで遅くなったときにも、移動には馬車を使う。こうして木陰をのぞくこともなかった。

だんだん目がその小さな光に慣れていくにつれて、最初のうちは一つ二つしか見えていなかった小さな光が、数を増していく。

常に飛び交い、点滅するその光に、カミーユはぼうっと見とれた。

「すごく綺麗ね」

言うと、アイザックは結んだ手に少しだけ力を入れた。

「ああ。ここが最高の場所だったから、見せたかった」

光虫がここまで密集して飛び交っているのを見たのは初めてだった。わざわざ特別に、王城の庭で育てているのだろうか。

ずっと見ていたくなる。

何より、アイザックが自分をこの場所に連れてきてくれたのが嬉しかった。


舞踏会から戻ってきた翌日。眠っていたカミーユは、ドアの軋(きし)む音で目覚めた。

かすかな足音が近づいてきて、その後で天蓋布がめくられた。

――アイザックよね。

眠りかけの気持ちよさから抜け出せず、まだ目を開けない。寝たふりを続けるつもりはなかったのだが、まだ眠気のほうが強い。

ランプを吹き消すような音が聞こえた後で、ばさりと重い服が脱ぎ捨てられる音が続いた。その後で、誰かがベッドに入ってくる。その重みでベッドが傾ぎ、顔をのぞきこまれているような気配を感じた。

眠さで動けないでいると、軽く髪に触れられ、撫でられた。

愛おしむような指の動きが、とても気持ちがいい。

アイザックが眠っている自分にどんなふうに触れるのか、知りたくなった。

すると、触れるだけのキスを繰り返された。

カミーユを起こさないために注意をしているらしく、キスは触れるだけの淡いものだ。

じわりと少し遅れて感触が伝わる。愛おしまれているのが、そんなキスでも伝わった。

さらにそっと抱き寄せられ、アイザックに背中のほうから抱きこまれる形となる。

このままアイザックはカミーユを抱きこんで眠るつもりらしい。

意識を手放しても良かったのだが、寝てしまうのは少しだけ惜しい。もう少しアイザックの感触をすぐそばで感じていたい。

その思いでいるうちに、アイザックの手は少しだけ不埒(ふらち)な動きを見せた。

夜着の上からカミーユの胸に触れ、ただその柔らかな感触を味わっているようだ。手はそのまま動かなくなったが、てのひらの感触に乳首がじわじわと疼いてくる。

だんだんと眠気よりも、その身体の感覚のほうが強くなって、カミーユは身じろいだ。

それで手が離れてくれればよかったのだが、逆に指が乳首にまともにあたってしまって、びくんと身体が大きく動いた。眠気がだいぶ吹き飛ぶ。

諦めてカミーユは、背後にいるアイザックに向かい合う形で寝返りを打った。

アイザックがすぐそばから、顔をのぞきこんできた。

「起こしたか」

小さくうなずくと、そのままそっと肩を抱かれる。

「眠っていい」

空気に溶けこむような、柔らかな声だ。だけど、目が覚めてしまったし、何だか身体に小さく火が灯ってしまった。

アイザックのほうはカミーユを抱こうとして、忍んできたのではないだろうか。

——私も、触れられたくなっているの。

気づけばアイザックがカミーユのベッドで眠っていることがある。朝になると消えてしまっているので、夢かもしれないと思うほどだったが、今夜はちゃんと目が覚めた。

「いいのよ」

そっとつぶやくと、アイザックが聞き返した。

「いいのか?」

「……ええ」

了承すると、丁寧に夜着を脱がされ、さきほどは夜着越しだった膨らみを直接てのひらで触れられる。すでに尖っていた乳首に指が擦れると、身体が甘く溶け崩れていく。

アイザックは愛しげに胸に顔を埋め、そっと乳首を口に含んだ。

そこから快感が広がったが、刺激が強すぎてじっとしていられない。

「っ」

乳首を交互に吸われ、指でもいじられて両方とも尖らされる。身体が熱くなってきたころ、膝をつかまれた。

仰向けにベッドに縫い止められ、アイザックの頭がその足の間に入ってきた。

「ツン……っ!」

すでに花弁はぬるぬるに溶けていた。

指で開かれ、ひくりとうごめいたそこを、アイザックの舌がなぞってくる。

「んっ!」

余すことなく舐められるだけで、腰が落ち着かなくなった。アイザックの舌は花弁の上のほうの突起にも触れたから、カミーユの腰は予期せぬ快感に、びくんと大きく跳ね上がる。

「っあぁ……っ！」

そこで感じることを、カミーユの身体はすでに知っていた。円を描くように柔らかく転がされ、ときには軽く吸われる。強弱混ぜて、ひたすら突起を刺激される。

「あ、……あ、あ……あ……」

舌の弾力や柔らかさが、カミーユの身体を甘く溶かした。

敏感なところだけに、強い刺激はダメだ。だけど、ただ柔らかく舐められるのは、やたらと気持ちがいい。

「ン、……ん」

濃厚な刺激が、足の先や頭まで流れこんでくる。

かすかに漏れ聞こえる水音が、恥ずかしさを際立たせた。だが、それをねじ伏せるだけの圧倒的な快感があった。気持ちがよすぎて、びくびくと反応することしかできない。

「はぁ、……は、は……」

身体の奥から熱いものが次から次へとあふれ出し、たまにその部分に移動して、舐め取るアイザックの舌使いにも感じてしまう。甘い刺激が体内の粘膜までひどく疼かせた。

舐められている最中に、体内に指を入れて掻き回される。甘ったるい痺れが腰を包みこんだ。

「っあ！」

その太くて皮膚の厚い指を抜き差しされながら、突起を舐められる。二カ所の快感がつながって、ただ快感を許容する以外に何もできなくなる。

特に体内を掻き回される気持ち良さに、全てが押し流された。

「あ、……っ、あ、……あ……っ」

その指の感触を味わうことだけで、いっぱいいっぱいになる。

カミーユの身体がその指の大きさに慣れてきたころ、アイザックは指をもう一本増やした。

「っぁ、あ！」

ねじこまれた指で襞がギチッとなり、一瞬だけキツさは感じたが、すぐにその充溢（じゅういつ）感は快感へと変わる。

アイザックは指二本を埋めたまま、カミーユの乳首を甘く舐め転がした。すっかり位置を覚えた花弁の上のほうにある突起も、そっと親指の腹で転がしてくる。

「ツン、……っは、……ん、あ…っ」

指でギチギチにされたままそんなふうにされると、だんだんと襞が甘く溶けていくのがわかった。指を締めつけるたびに、快感が戻ってくる。

「あっ、……あ、……あ……っ」

そんなふうになってから、アイザックはようやく指を動かした。二本の指はすごく存在感があって、それを抜き差しされるのがたまらない。

常に襞のあちらこちらに、太い指のどこかが当たっていた。関節のある位置までわかる。

こんなふうに中を広げているのは、アイザックは今日こそ男性器を入れようと考えているからだろうか。

――無理よ。……大きすぎるわ……。

そんなふうに思うものの、最初はきつかった指の太さにも、だんだんと身体が慣れる。

「っあ、……っあ、……あ……っんぁ、あ……っ」

二本合わせた指で深くまでうがたれ、まるでアイザックのものを入れられているような気分になった。

指一本のときよりも、二本のときのほうが気持ちがいい。刺激が倍以上になったというより、快感の質が変わった気がした。指を動かされるたびに、自分のものとは思えないような甘ったるい声が漏れてしまう。

頭がふわふわとして、中にある二本の太い指と、ぬるぬるになった下肢の突起をなぞる指と、乳首をついばむ唇の動きしか考えられない。

「っは……っ」

また、何か得体の知れない甘い感覚が腰を包みこんできた。

ひくひくと絶え間なくうごめき始めた襞の感触からそれを読み取ったのか、アイザックが指の抜き差しを速めた。

「っあ、……何か、……へ、……ん……っ」

「イきそう、なんだろ」

カミーユの身体を見つめながら、アイザックが愛しげにささやいた。

薄闇に、アイザックの顔が見える。

イク、というのはおそらく、あの爆発のことを指すのだろう。

またそうなるのは、怖くもあるし、気持ち良くもあった。最初は、否応なしに強烈な快感を味わわされるのが怖くもあったが、だんだんと慣れてきている。

「ん、……っあ、……あ、あ、……んぁ、あ……っあ……っ」

「大丈夫。そのまま力を抜け。怖くないから」

指を激しく抜き差ししながら、感じる突起をくりっと強めに転がされる。

「っんぁ！」

その鋭い刺激に、腰が大きく跳ね上がった。同時に、乳首も強めに引っ張られ、中をさらにぐちゃぐちゃに掻き回される。

「んぁ、……あ、あ、あ……っ」

感じすぎている真っ最中だから、強い刺激がたまらない。

「や、……っぁあああんっ！」

全身がたわんで硬直し、指の動きが止まった。

その少し後に力が抜けていく。息が乱れきり、性器や全身のあちこちに、気持ち良さの余韻がただよう。

そんなカミーユの唇に、そっとアイザックの唇が触れた。

眠っているときにされたような、触れるだけの淡いキスだ。離れていこうとする唇が寂しく感じられて、カミーユのほうからアイザックの首の後ろに腕を巻きつけ、唇を押しつけていく。

「っふ」

もっと深いキスもしてもらいたい。

そう願ったカミーユの意図を読み取ったのか、だんだんとアイザックからのキスが深くなる。唇が自然と開き、アイザックの舌が入ってきた。

その唇が離れそうになったときに、カミーユはそっとささやいた。

「いい……わよ」

何の了承だか、この状況だから伝わったのだろう。

アイザックは一瞬目を見張り、顔を寄せたまま尋ねてくる。

「いいのか？」

「ええ」

こんなふうに身体をとろとろにされたから、アイザックのほうにも同じ気持ちを味わってもらいたくなる。そんなふうに、自然に思えた。

目が合うと、アイザックはすごく嬉しそうに笑ってくれた。

その顔を見ているだけで、胸が一杯になる。キュンと心臓のあたりが痛み、全てを彼に委ねたくなる。

アイザックがベッドで自分の服を乱す気配が伝わってきた。それから、下肢にまとっていたものを脱いで、天蓋布の外にある椅子に引っかける重たい音が聞こえる。

その後で、カミーユの足があらためて抱えあげられた。二本の指でほぐされていたそこに、熱くて硬いものが押し当てられる。

「もしも痛くて、……我慢できなかったら、言ってくれ」

その言葉の後で、ぐっと体内を押し開かれた。柔らかな濡れた粘膜が、その硬い大きなものに押し開かれていく体感が怖くて、どうしても力が入る。それよりも、入りこんでくるものの力のほうがずっと強い。

「……うっ、……あぁあ……っ」

ズッと、中で滑ったような感触があって、懸命に締めつけた。

「力を抜いてくれ」

アイザックの声がする。

その声にこもった切実な響きに、ぞくっと背筋が震えた。カミーユのほうもまるで余裕がなかったが、アイザックのほうも必死な気がする。協力するために、力を抜いてみようとした。

その途端、ずずっと身体を押し開かれる衝撃が再び襲った。

「っん、……ぁ、あ……っ」

大きなものが、体内に食いこむ。押し開かれたその部分が、ジンジンと痛み始める。

「……っは、……ん……」

軽減しない痛みに、混乱した。まだ耐えられる範囲の痛みだ。

違和感のほうがずっと大きい。だが、このまま痛みが続くのなら、抜いてもらったほうがいいのだろうか。それとも、ここを耐えたらどうにかなるのか。

そんな自問が頭を駆け巡り、ひたすら混乱が募る。息を吐いた拍子にまた押し開かれ、どんどん貫かれていくことに焦って、全身にガチガチに力がこもった。

「……い……っんぁあ……っ」

歯を食いしばろうとしたそのとき、噛みつくような勢いで唇をふさがれた。

キスされたことに驚いて、口が開く。その隙に舌をからめとられた。

「っん、ん、……ん……っ」

歯を食いしばることができなくなると、不思議と身体にも力を入れることができない。ざらつく舌の感触に意識を奪われているうちに、ますます身体が押し開かれ、くさび形の先端がお腹の深い位置まで入ってくる。

限界まで大きなものをくわえこまされた粘膜から、じわじわと痛みが広がっていく。だが、やはり耐えられないほどではなかった。それよりも、はいっているそれが人体の一部である、という驚きのほうが、ずっと強かった。

——これが、……アイザックの……！

入ってきたものの大きさと違和感に、身体は戸惑い続けていた。だけど、次第にその大きさに慣れ、その正体を探るようにからみついていく動きを繰り返すようになる。

まだジンジンと中は痺れていたが、それを凌駕（りょうが）する『入っている』という実感に、全ての感覚が押し流された。

ただ入れられているだけで精一杯だ。

カミーユはキスの合間に、どうにか呼吸をした。

二人の間で擦れて、乳首がジンジンと疼く。アイザックが身じろぐたびにそこが擦れ、アイザックから伝わってくるたくましい筋肉の感触にも溺れる。

こうして抱き合っていると、腕の太さや背中のたくましさをより如実に感じ取れた。

もう限界まで入っている感覚はあるのに、さらにぐっと押しこめられて息が押し出される。

「……まだ……？」

蚊の鳴くような声が尋ねると、上擦った声で返事があった。

「あと、……少し」

見上げると、アイザックは見たことがないぐらい、切羽つまった顔をしていた。快感を享受しているのか、目がすがめられ、男の色気がしたたっている。

カミーユのほうは、これが気持ちいいことなのかどうか、まだわからない。痛みと充溢感が混じり合った感覚が複雑すぎて、快感どころではないというのが実感だ。

――だけど、耐えられる。アイザックのためだったら。

ジンジンと疼く粘膜は、あと少し何かが切り替われば、別の感覚になりそうだ。

ひくり、と中がうごめいた。

それが誘うような動きになったのか、ゆっくりとアイザックが動き始めた。

「っひぁ！　……あ、……ああああ……っ！」

ゆっくりと抜き差しされるたびに、腰が跳ね上がる。

どろどろに溶けた身体の中心に、アイザックの灼熱（しゃくねつ）の杭（くい）があった。感覚がないほど深い位置まで、その硬いものが押し開いている。

ただ貫かれているだけで、あまりの快感に意識が飛びそうだ。

動かされていると、その大きさに入り口のあたりが軋む。わずかな痛みはあったが、それよりもアイザックの快感を優先させてあげたい。

「……ン……っ、は……っ」

奥まで入ってきたそれは、ゆっくりと抜けていった。だが、すぐにまたその大きなものを押しこまれる。

楔型をした先端で襞を押し開かれていくときには、ぞくぞくと身体が震えてしまう。その感覚に早くも囚われ、唇の端から唾液があふれた。

「っは、……あ……っ！　……んぁ、あ、あ……っ」

体内を貫くものは太くたくましく、その動きを一切拒むことができない。

精一杯力を抜いて、それをできるだけ楽に受け入れるしかない。

だんだんとカミーユの身体がその大きさに慣れていくに従って、アイザックの動きも少しずつ速くなった。

実際にはかなり抑えられていたのかもしれないが、不慣れな身体には抜き差しする動きは強烈な刺激となった。入ってくるものの勢いと、抜かれるときの襞が擦れる感触に圧倒される。襞がそれに押し広げられるときには、じわじわと快感も押し寄せるようになってきた。

「っあん、……んぁ、あ、ん、ん……あっ」

中でも特に感じるところがあった。

そこをアイザックの先端に擦りあげながら入れられると、ぞわぞわと全身の毛穴が開くような悦楽にさらされる。抱えあげられた足のつま先にまで力がこもる。

そこに当たらないようにしたいのに、アイザックのものは大きいから、避けることもできなかった。どうしても抜き差しのたびに強烈な刺激が走った。

「つあ、……んぁ、……ん、あ、あ」

アイザックのほうも、カミーユがビクビクとしていることに気づいたらしい。

ことさらその感じるところに、先端を押しつけてくる。そんなふうにされると、余計に快感が強くなる。

「っやっ、あっ、あ、そこ、……や、……そこ、……ダメ……っ」

自分でもびっくりするくらい、舌ったらずな悲鳴が漏れた。ちゃんと言葉を綴ることすらできないぐらい、そこをえぐられている最中は頭が真っ白になってしまう。

だらしなくとろけた顔を見つめられながら抜き差しを続けられ、カミーユはあえいだ。

「すまない。……すごく、きもちが、……よくて……っ。君の中が、からみついてくる」

アイザックも中の感触に囚われているらしい。彼にも余裕がないことがわかる。

わけがわからなくなっているのは自分だけではないのだとわかって、カミーユは少しだけ安堵した。

中に入れられるのが、こんな感覚だとは知らなかった。初めてなのに、すごく気持ちが良い。

「っあっ！　あっ、あ、あ……っ！」

アイザックの動きが、切羽つまったように速くなっていく。

たっぷり貫かれ、たまらない快感を味わわされた。

その最後に、彼の動きが止まる。その瞬間、かすかにカミーユの意識が覚醒した。

――っ、……マズい……わ……っ。

ぼんやりと靄がかかったような意識の中で、弟の顔が思い浮かぶ。絶対に守らなければならない、可愛い弟。

アイザックのことは好きだが、もし何か自分が間違っていたとしたら。

「ださない、……で……！」

快感と興奮と危機意識が混じり合った中で、カミーユはとっさにそう叫んだ。

中で出されなければ、妊娠する可能性をだいぶ低くできるはずだ。そんなことを、母から聞いた。

こんな言葉で止めることができるとは思わなかったが、最後の瞬間にアイザックはカミーユの中からそれを抜き出した。

カミーユのへそのあたりに、熱いものがたたきつけられる。

「つうぁっ！」

何だかよくわからなかった。

だけど、これがもしかしたら、母が言っていた「射精」という現象だろうか。

はぁはぁと息を整えながら、どうにか危機を回避できたらしいとカミーユは考えた。

アイザックは中で出さないでくれた。それが嬉しいし、そうしてくれたことで信頼感も増す。

だが、一つになるというとてつもない快感も知ってしまった。

こんなものを知ってしまって、今後、孕まずにいられるだろうか。

第七章

数日後。

王城での舞踏会があった。両派閥の人間が顔を合わせて、火花を散らし合うのが常だ。

——って思ってたけど、ドンピエール派の人たちだけが、一方的に敵対心を抱いているように思えてきたわ。

今までカミーユはドンピエール派のほうに属していたからわからなかったが、カロリング派のほうはあまりドンピエール派を敵として意識していないように思える。

それよりも、勉強会をしたり、隣国との貿易を始めたりして、目が外に向いている気がする。

だが、ドンピエール派を率いるのはジョゼフだった。彼は短気で軽率で、何かと自分を大きく見せたがる。そのジョゼフが、ひたすらドンピエール派を煽（あお）っている。

ジョゼフが焦っているのは、祖父の容態が悪いからだろう。カロリング家にいるカミーユの耳にも、長くてあと数ヶ月持つかどうかという噂が伝わってくる。

国王陛下の補佐役の宰相は、今はジョゼフの祖父だ。

ジョゼフの両親は、アイザックの両親と同じように早くに亡くなっている。流行病(はやりやまい)で、数年前に立て続けにみまかったそうだ。

祖父亡きあと、宰相にどちらが選ばれるかによって、派閥のバランスが大きく変わってくる。だから、ジョゼフがアイザックにやたらと敵愾心を燃やすのも理解できた。

——っていうか、……もうだいぶ前から、派閥のバランスは変わりかけていたのね。

カロリング派の勉強会にあれこれと参加するようになったからこそ、カミーユはそのことを理解しつつあった。

ひたすら派閥の人間で固まって、人間関係の構築ばかりに意識を向けているドンピエール派とは違って、カロリング派は世界に目を向けている。

領地間の交通や情報伝達を発達させ、近隣諸国との貿易まで行うことによって、カロリング派の勢いは日に日に増しているように思えた。

国王陛下はカロリング派を統率するアイザックの資質を認めているはずだ。アイザックが頻繁に王城に行って、政務を手伝っていることからもそれはわかる。ジョゼフとは比べものにならないくらい、アイザックのほうに宰相の素質があることは誰の目にも明らかだろう。

——とはいえ、このままアイザックが宰相になったら、ますますジョゼフは敵愾心を募らせて、意固地になるだけだろうし。

どうすればいいのだろう、とため息をつきながら、カミーユは周囲を見回した。

今日はアイザックも珍しく舞踏会に参加している。アイザックの妹のフランソワーズが出席すると言い出したので、その引率の意味もあるようだ。

フランソワーズは滅多にこのような舞踏会の席には出てこないというのに、どうしてその気になったのだろうか。

フランソワーズは、カロリング派の若い貴族たちに早くも取り巻かれていた。フランソワーズは結婚適齢期と言われる年齢より上なのだが、派閥の長であるアイザックとの関係を思えば、彼女を射止めておくことは若い貴族にとって何より大切な立身出世の方法となる。

アイザックがおそらく宰相となるのを考えれば、ますます重要な駒だろう。

だが、フランソワーズは誰ともダンスを踊る気はないらしく、片っ端から断っていた。

そんな彼女の視線が誰かを探すように動くことに、カミーユはふと気づいた。

——え？　……誰？

すぐに視線はそらされてしまうから、なかなか見定められない。

アイザックも大勢の人々に取り囲まれ、何やかやと派閥の要求を突きつけられていた。あまり派閥の人間と親しくすることはないから、ここぞとばかりに話を持ちかけられているようだ。

カミーユもアイザックに付き従って大勢の人たちと言葉を交わしながらも、さりげにフランソワーズを観察せずにはいられなかった。

何度目かでようやく、フランソワーズが誰を見ていたのかわかった。その視線の先にいたのは、ジョゼフの弟であるレオン・ドンピエールだ。

――レオン？

どうしてフランソワーズがレオンを見ているのか、わからない。

レオンはジョゼフの婚約破棄のときにも、モンパサ邸に来ていた。他にも何度か言葉を交わしたことがあったが、あのジョゼフの弟とは思えないぐらい思慮深く賢く、しかもなかなか人目を引く端整な顔立ちをしていた。

――次のドンピエール派の後継者が、どうしてレオンじゃなくってジョゼフなのかと、みんな陰でため息をついているわ。

それはカミーユも同感だ。レオンだったら、アイザックの対抗馬として、宰相の座を争うことも考えられる。

――だけど国の決まりとして、長子相続なのよ。

長男が死亡するか、王が認めざるを得ないほどその長子が健康や精神に障害を負っていなければ、ジョゼフを蹴落としてレオンがドンピエール家の当主となることはできない。

――残念だわ。にしても、レオンに目をつけるなんて、フランソワーズ、やるわね！

気になったカミーユは、アイザックが誰かと何か込み入った話をしているのをいいことに、フランソワーズを人気のない柱の陰に引っ張っていった。

何だか落ち着かないでいる義妹に、話しかけてみる。

「レオンさまと、何かありましたの？」

いつでも快活で、色恋のことなど全く意識にありません、といった風情のフランソワーズだったが、口に出した途端、焦った顔を見せた。

「あのかた？　レオンさまっておっしゃるの？」

「ご存じなかったの？」

そのことに驚いた。まずは人違いではないことを確認するために、柱の陰からレオンを指し示しながら聞いた。

「さっきからあなたが目で追っているのは、あの殿方でしょ？　髪がさらさらの銀髪で、首の後ろでベルベットのリボンでまとめている、紫のご衣装の」

「そう。……レオン？」

「レオン・ドンピエール」

フルネームを繰り返した瞬間、フランソワーズはさっと顔色を変えた。

「ドンピエールぅ！」

敵派閥の当主の家。

フランソワーズにとっては、一番あって欲しくない家の人間だったのだろう。

絶望的な表情になった義妹を見て、カミーユは同情したくなった。だけど、応援もしたい。

カミーユとアイザックも敵対派閥の人間だったのに、結婚できたのだ。

フランソワーズとレオンが結婚したら、派閥間の雪解けがさらに進む可能性がある。

「レオンさまは、ドンピエール家の人間だけど、ジョゼフとは全く違うわ。性格が良いし、賢いわ。誰もが、ジョゼフじゃなくって、レオンさまが後継者となればいいって噂してた」

「だけど、そうはいかないのよね。この国では」

フランソワーズは長子相続の仕組みを理解しているらしく、深くうなずいた。

「そう。あのかたは、ドンピエールの人なのね」

「何があったの？　何か特別な出会いが？　教えて」

カミーユはわくわくと聞いてみる。結婚するまでは、同じ世代の令嬢と恋の話をするのが楽しみだった。

フランソワーズはためらうような顔をしたが、誰かに話したい気持ちはあるのか、少し頬を赤らめながら声を潜めた。

「きっかけってほどじゃないわ。王城に、ちょっとした用事があって行ったわけ。領地に関する書類の提出とか、整理などよ。荷物が多くなっちゃって、行きはそれでも気をつけて運んでいたんだけど、帰りに気が抜けて、ぶちまけちゃってね。王城の廊下に」

重い荷物は従僕を使って運んでもらうのが普通だが、何でも自分でするのがフランソワーズらしい。

カミーユはピーンと来た。

「そのときに、拾ってくれたのがレオンさまってわけなのね？」

「そうよ。親切に拾ってくださって、馬車までそれを運んで送ってくださったの。名前とか、聞いても答えてくださらなかったんだけど。……そっか。ドンピエールの人だったから、うちの馬車の紋章を見て名乗らなかったのね」

納得したような顔で何度もうなずいていたフランソワーズだったが、そのとき、ふとフロアに視線を泳がせたカミーユは、少し離れたところからこちらを見ているレオンに気づいた。

バッチリ視線が合う。

慌ててそらされたが、レオンのほうももしかしてフランソワーズを見ていたのだろうか。柱の陰で、ひそひそ話をしている様子はうかがえたのだろう。

――ってことは、ハーン、よ？

フランソワーズは先日会ったレオンに再び会いたくて、舞踏会に参加した。レオンのほうも、先日会ったフランソワーズを意識していた。だからこそ、こちらを見ていたのだとしたら？

――脈あり、ってことなんじゃない？　レオンさまのほうも。

フランソワーズはかなりの美女だ。その上、実務に長けている。

馬車まで荷物を運んでもらうときに話をしていたとしたら、その美貌だけでなく、その知識量や話しぶりに、レオンが惹（ひ）かれた、という推測は十分に成り立つ。

――いいわねいいわね。何かこの二人は、しっくり来るものね。似たもの同士っていうか。

快活なフランソワーズに、思慮深いレオン。性格は違うが、二人とも賢い。お互いに惹かれあうものがあるのだろう。

我慢できなくなったカミーユは、フランソワーズをそそのかすことに決めた。

浮かんだのは、先日、アイザックとそぞろ歩きをして、とても楽しかった王城の庭だ。その庭のあちらこちらには、逢い引きをするスポットがある。

カミーユはそっと伝えた。

「中庭のアポロ像に行って。後から、レオンさまも同じ場所に誘い出すわ」

「えっ」

「この会場では人目が気になるでしょ。だけど、中庭だったら目立たないから」

カロリング家のフランソワーズと、ドンピエール家のレオンが舞踏会で踊ったり話をすれば、それだけで噂になる。

だけど、まだ今は淡い恋の段階だ。まずは二人だけで、愛を育みたいはずだ。

――中庭だったら見晴らしがいいから、殿方が万が一の行為に及ぶことはないはずよ。あそこは、ただ話をするだけの場所。

庭のスポットによっては、もっと濃厚な行為をすることがあるようだが、中庭ならそのような危険もない。

フランソワーズは心配そうな顔になった。

「レオンさま、来ると思う？」

いつでも快活な義妹の、このような表情をカミーユは初めて見た。自分の魅力に無自覚そうなフランソワーズを、カミーユは励ました。

レオンは落ち着かない様子で大広間を歩き回っていた。見守っていると、またカミーユと視線が合い、途端に慌ててそらされたので、こちらを意識していることは間違いない。

フランソワーズをダンスに誘うか、立場上、避けるべきか、苦悩しているのだろう。

「来るわ。レオンはあなたのことがとても気になっているはずよ」

「だけど、敵派閥の人なのよ」

心配そうに、フランソワーズは言う。

今までサバサバとした態度ばかりが目立っていたが、恋をするとこんなにも変わる。カミーユはフランソワーズが可愛くなった。

フランソワーズとレオンの間に、どこまで障害が横たわっているのかと考えてみた。かつては派閥の軋轢のために心中事件まで起きたそうだが、自分とアイザックも結婚できた。

ジョゼフの猛反対さえどうにかなれば、可能は可能だろう。

いっそアイザックに頼んで、陛下に結婚許可を取ってもらう手もある。

問題なのは、そうなったらジョゼフの反発にあって、レオンがドンピエール家にいられなくなるということだろう。だとしても、こっちの派閥に来てくれればいい。いくらでも仕事はあるはずだ。

「私も、元敵派閥だわ」

何だか腹が据わってきた。二人の仲が、うまくいくのなら応援したい。そうなるように、アイザックともこの後で相談したい。

だが、第一歩を踏み出すかどうかは、フランソワーズの気持ち次第だ。

「ともあれ、行く？　行かない？　どうしても嫌だというのなら、強要しないけど」

フランソワーズはその言葉に考えこんだ。彼女であっても、派閥問題は悩ましいのだろう。

それでもレオンを諦めきれなかったらしく、顔を上げてきっぱりと言った。

「あのかたと話がしてみたいわ」

――そのために、わざわざ舞踏会にまで来たんだものね！

「じゃあ、任せて」

カミーユはレオンも知っている。仲介するには、ちょうどいい立場だろう。

フランソワーズがそっと中庭まで抜け出すのを見送ってから、カミーユはレオンに近づいた。

軽く世間話をしてからフランソワーズの件を伝えると、ギョッとしたように目を剥いてから、そわそわと落ち着かなくなる。レオンにとっても、フランソワーズは心をつかまれた相手なのだ。

すぐに話を切り上げていそいそと中庭に向かうレオンを見送り、カミーユは一人でベランダに出た。

ここからは、中庭は見えない。アイザックはまだ派閥の人々に捕まっているから、一息つきたかった。

中は熱気でむんむんだったから、ベランダの夜風が心地よい。

だが、しばらくした後で、同じようにベランダに出てきた相手に気づいた。何げなくそちらに視線を向けたとき、カミーユは固まった。

――ジョゼフだわ……！

相変わらず全身きらびやかに飾り立てている。たいてい取り巻きか女性をつれているのに、今日は珍しく一人だ。

婚約者を公衆の面前で捨てるほど入れこんでいた伯爵夫人にはフラれたのだと、以前、噂が流れていた。

――ざまぁみろだわ。

心の中でだけつぶやいて、ジョゼフに見つからないうちにベランダから立ち去ろうとする。

だが、ジョゼフはめざとくカミーユに気づいて、嘲るような笑みを浮かべた。

「久しぶりに会ったら、色っぽくなったな。あいつに毎晩可愛がってもらっているのか？　カロリング派の男なんて、ろくなもんじゃないだろ。俺とよりを戻したいか」

――はぁあああ？

まさか本気で言っているのかと、カミーユは驚いてジョゼフを見た。

あれだけひどい形で婚約破棄をしたのに、自分が復縁を望んでいるとでも思っているのか。

ジョゼフがどれだけ相手の立場を忖度（そんたく）することができず、記憶力も想像力も欠落していることを思い知らされた。

「冗談でしょ？」

さすがに、呆（あき）れきって言ってやる。

冷ややかな一瞥（いちべつ）を残し、逃げるようにフロアに戻った。怒りで頭が沸騰しそうだ。

そのとき、カミーユは自分に近づいてくるアイザックに気づいた。

アイザックに罪はない、必死で深呼吸して、心を落ち着けようとした。そんなカミーユの顔をのぞきこんで、アイザックは笑った。

「すまない。ちょっと話が立てこんで。――どうかしたか？」

まさかジョゼフが自分に未練を見せるとは思わなかった。気分が悪くなったので、カミーユはアイザックの腰に手を回し、そのままぎゅっと正面から抱きつく。

それだけで、気持ちが落ち着いていくのが自分でも不思議だった。

「何でも無いのよ」

――だけど。

ジョゼフは諸悪の根源だ。祖父がいるうちは首根っこをつかまれていたようだったが、ジョゼフがドンピエール派の領袖になったら、この先の両派の和解は望めない。

「ジョゼフを、……始末する方法はないものかしらね」

思わずその本音が、ぽろりと口から出た。

慌ててそんな言葉が他に聞かれてはならないと、周囲を見回した。幸い、アイザック以外に近くに人はいない。

そのことに安心したが、アイザックが興味深そうに目を輝かせた。

「どういうことだ？」

一瞬、フランソワーズとレオンのことを話すかどうか迷った。だが、今夜の二人の様子を確認してからでも遅くはないと思い直した。

「何でも無いわ」

アイザックにフランソワーズとレオンのことを秘密にするつもりはない。ただ、まだ今はそのタイミングではないというだけだ。

「フランソワーズさまはお友達と話しこんでいて、遅くなるかもしれないんですって。ですから一度、先に戻らない？」

一台の馬車に乗り合わせてやってきたが、王城からカロリング家までは五分もかからない距離だ。一度戻ってから、フランソワーズのために馬車を差し戻しても問題はないだろう。

大広間から出る前に、カミーユは視線を感じて振り返る。

どこかもの言いたげな様子で、ジョゼフがこちらを見ていたのが気になった。


フランソワーズとレオンの密会がうまくいったのか、カミーユはずっと気にかかっていた。

だが翌日、顔を合わせたときに、フランソワーズは恋する女性特有の、夢見る瞳をしていた。

これは良い状況だとピンとくる。

「どうなりましたの？」

カミーユはフランソワーズが座る席の向かいに座った。ちょうどお茶の時間だから、お菓子を食べながら話し合うのにちょうどいい。

理知的な表情で書類仕事をしていることが多いフランソワーズが、こんなふうにぼけっとしている姿を初めて見た。

「あのかたとお話ししたわ。手も握ったの」

そんなふうに、ぼうっとした顔で言うフランソワーズが可愛い。

また一週間後の舞踏会で、こっそり会う約束をしたらしい。そんなフランソワーズのためにも、両派の関係をもっと良くしたいという気持ちになった。

――とは言っても、どうすればいいのかしら。ジョゼフは相変わらずだし。

カミーユは考える。

この家に嫁いでから、何かと慌ただしくて実家にも戻っていない。弟のオーギュスタンには新しい家庭教師がついていて、その人にべったりだと聞くから、様子を見に行きたいのに。

当初抱いていたアイザックの疑いはほぼ消えて、彼を全て受け入れてもいいと思ってはいるのだけれど、ただ少しだけ引っかかるところがあった。

最近、アイザックが変なのだ。

たまにアイザックは、カミーユのベッドに入ってきて眠る。性行為をする日に限らない。ただカミーユと一緒のベッドで眠るだけでいいみたいだ。

カミーユが夢うつつでいると、アイザックが優しく髪を撫で、キスをしてくれる。

——だけど、いつも朝になるといないの。

ふと気配に気づいて目が覚めたとき、アイザックが部屋を出て行くのに気づいた。早朝だ。カミーユが目覚めるまでベッドにいていいのに、どうして戻るのだろう、と不満に思った。

カミーユの部屋を出て自分の寝室に戻っているとばかり思っていたのだが、二度目にアイザックがカミーユの寝室を出て行くのに気づいたときのことだ。すっかり目が覚めてしまったので、部屋のカーテンを開いて、明け方の青白い光に満ちている庭を眺めていた。そのとき、カミーユはふと庭の人影に気づいた。

——誰かが、……庭を歩いている……！

ビックリした。まだ使用人も起き出していない時刻だ。

野盗かと焦って目を凝らしたが、その人影は屋敷から外に向かって歩いているようだ。夜明けの庭は薄暗く、どうにかその輪郭を把握するだけでやっとだったが、問題なのはそれがアイザックだったような気がすることだ。

——どういうことなの？

アイザックがそんな朝早くに、屋敷を出て行く理由がわからない。本人に聞けば一番いいのだが、うまくはぐらかされそうな気がする。

——あんな時間に、どこに何をしに行くの？

それが引っかかって、アイザックへの疑いを完全には解けずにいるのだ。

——だけど、フランソワーズの件もあるから、両派の関係を良くしておきたいわ。

そんなふうに考えながら、王城での集まりに参加したその後。

カミーユはフランソワーズから、次の逢い引きに適した場所を尋ねられていた。それもあったので、王城の庭をそぞろ歩くことにした。

いくつか候補の場所を耳にしたことはあったが、カミーユはほとんど庭で逢い引きをしたことがないからだ。

実際にその場所をめぐって、敬愛する義妹のフランソワーズに万が一のことがないように、確認するつもりだった。

――ここは、ベンチが近すぎるわね。話を聞かれるかもしれないわ。こっちは、物陰が危険すぎるような……！

レオンのことを信頼はしていたが、暗闇で破廉恥な行為に発展しないように、しっかり場所を選定しておく必要があった。

そんなふうに考えながら庭を歩いているうちに日が沈み、だんだんと薄暗くなってくる。

急ぎ足で王城へと戻ろうとしたが、歩き疲れてクタクタだった。先ほど見つけた物陰に入りこみ、そこのベンチに座って休憩していると、何だか人の声が近づいてきた。

――あら。

ここは手前にベンチが、さらに奥にも座るところがある。

奥のスペースに人がいるとは思っていないらしく、声の主はその手前のベンチに座って、ぼそぼそと打ち合わせを始めている。王城から十分な距離があるから、ここなら誰にも聞かれていないと思っているのだろう。

声の主は、まずは何らかの噂がうまく流れたかどうか確認しているようだ。具体的な舞踏会や晩餐会の名を上げ、誰がその噂を流したのかという報告を受けている。さらに、これから始まる宴でも、何人かが出席して、誰の耳にその噂を入れるのかという打ち合わせまで始めていた。

――何の噂よ？　……にしても、……気になるのはこの声の主なんだけど……。

ひどく横柄で、耳障りな声だ。

いつ自分が見つかるのか気が気ではないし、余計なことを耳にしてしまわないかと心配になる。

何せ、その声はジョゼフのものにそっくりなのだ。尊大な物言いや、ちょっと特徴のあるアクセントまで。

彼らは、何種類かの噂を流しているらしい。

カロリング家がたくさんの武器を買い集めている。

食料も、密かに備蓄している。

そんな話の断片を、ドンピエール派の所領を通っていく人の数が増えたことや、食料の値段が上がったという事実と合わせて考えることで、声の主が何を狙っているのか伝わってくる。

――カロリング家が軍隊を増強して国家に反逆するつもりだと人々に思わせたいのよ……！

「ですが、ジョゼフさま」

「シッ」

男の一人が口を滑らせたことによって、やはりこの声の主はジョゼフだと、カミーユは確信した。

ジョゼフがどうしてこんなろくでもない工作をしているのかも、理解できる。

もうじきジョゼフの祖父である今の宰相は死ぬ。その容態について、ジョゼフは把握しているのだろう。

次の宰相はジョゼフではなく、おそらくアイザックだという目星もついているはずだ。

だからこそ、アイザックに関する良くない噂を流して、自分に宰相の地位を引き寄せようとしているのだ。

――だけど、そんな工作、通用しないわよ？

心底、カミーユはうんざりした。

国王陛下は賢く、分別のある人だという話だ。こんな噂ぐらいでアイザックを疑うとは思えない。

心配する必要はない、と自分に言い聞かせたカミーユだったが、さらに不穏な話になった。

「あいつが庭に出たときに」

「宝物殿の鍵はあるから」

「王冠と笏を盗み出して」

声はぼそぼそとして、断片的にしか聞こえない。

――だけど、『王冠』と『笏』？

カミーユはとんでもない単語を耳にして、息を呑んだ。

ロンダール王国の王家には、神から授けられたという『王冠』と『笏』が代々受け継がれている。

王が玉座につくためにはその二つが必須となり、それらが備わってこそ、この国の後継者として認められる。

かつて内乱が起きたときにはその二つの争奪戦となり、多くの血が流れた。それだけ、『王の証』は大切なのだと、カミーユは学んでいる。

――その『王冠』と『笏』を、ジョゼフはどうするつもりなのよ？　まさか、アイザックが反乱を企てているという噂に隠れて、実際にはジョゼフが反乱を企てているの？

やや押され気味といえども、ドンピエール側の勢力はバカにはならない。ドンピエール派が全てジョゼフ側についたら、国を二分する内戦に発展する可能性がある。

これは看過してはおけない。ぼそぼそとしか聞こえない声を、もっとよく聞き取っておきたくて、カミーユは潜んでいた場所からそっと立ち上がる。

だが、より身体を近づけようとして茂みの陰を移動しようとしたときに、足元から野ねずみが飛び出した。カミーユは思わず声をあげてしまう。

「きゃっ！」

「誰だ！」

そこで悪巧みをしていた男たちが茂みを回りこんでくる。

逃げ場のない袋小路だったこともあり、すぐに見つかって、ジョゼフの前に引き出された。

「なんで、おまえが、ここに」

ジョゼフにとっては、一番聞かれたくない相手だろう。アイザックを陥れる相談をしていたのに、その妻がのこのこ現れたのだ。

「私は、……あなたの味方よ……！」

この場をしのぐためには、カミーユは言った。それしか思いつかない。

必死になって、ジョゼフを見つめる。恐怖のあまり、じわりと涙が浮かんだ。その表情にジョゼフは鼻白んだらしい。

「……カロリング家では虐められているの。つらいの。……あなたと一緒にいた日々が、……幸せに感じられるの」

この状況への恐怖に声が震えていたせいで、ジョゼフにはその言葉が真実味を伴って聞こえたのかもしれない。

他の男たちとはほぼ打ち合わせが済んでいたらしく、その場で解散が命じられた。

逃げ出したい。

だが、こんな状況になったからには、利用するしかなかった。ジョゼフがアイザックを陥れるのだけは、阻止しなければならない。

ジョゼフはカミーユと並んでベンチに座ると、馴れ馴れしく手に触れてきた。

「綺麗になったな、カミーユ。あの男に、可愛がってもらっているのか」

触れられるだけで、全身に鳥肌が立つ。

心からこの男が嫌いだと思いながらも、カミーユは必死でその感触をやり過ごした。

「カロリング家に嫁いでから、つらいことばかりだわ。……私はドンピエール派の出身だから」

実際にはそんなことはなかった。カロリング派の人たちは、とても親切にしてくれた。だが、ドンピエール派の人間にとって、カロリング家というのはおぞましいところなのだろう。

当然だというように、ジョゼフはうなずいた。

「お爺さまが、おまえがカロリング家に嫁ぐことを許可したらしいな。ひどいことをする」

「どうやって、アイザックを陥れるの？　私にできることなら、何でもするわよ」

必死だった。

『王冠』とか『笏』をどうするつもりなのか、聞き出したい。

自分の策略によほどの自信があるのか、ジョゼフはくくっと喉で笑った。

「アイザックが反逆を企てている、という噂を、俺は計画的に流し始めている。しかし、万が一、アイザックが陛下の軍を打ち負かしたとしても、この国の王になれるわけではない。王になるためには、『王冠』と『笏』が必要だ」

「そう……ね」

その通りだ。

カミーユを相手に話すことに慣れているのか、ジョゼフは調子よく言葉を継いだ。

「最近、お爺さまのお見舞いに行くことが増えた。そんなとき、お爺さまが保管している物入れの中で、陛下の宝物殿の鍵を見つけた。別日によく似た鍵にすり替えておいたから、お爺さまはすり替えられたことにさえ気づいていないだろう」

何を言い出すのかと、カミーユは気が気ではない。

ジョゼフはすでに許されない域に足を踏みこんでいる。

『王冠』と『笏』に許可無く触れたりしたら、ジョゼフはただではすまされない。下手をしたら、縛り首になる。

――それだけの覚悟を、ジョゼフはしている？

自分の知らないところで進んでいる陰謀に、背筋が冷たくなった。

震える指で、カミーユはドレスをぎゅっとつかむ。

ジョゼフは誰かに自分の素晴らしい計画を語りたくてしかたがなかったようだ。そして、誉められたいのだろう。興奮した面持ちで喋る。

「アイザックが早朝、陛下の宝物殿にほど近いあたりをうろついているのを、何度も王城の兵に目撃されている。どうしてそんなことをしているのか、わからない。おまえに、心当たりはあるか？」

言われて、アイザックが明け方、屋敷の庭から出て行くところを目撃していたことを思い出した。あれは、王城の庭にある宝物殿のあたりまで行くところだったのだろうか。

――だけど、どうしてそんなところに？

心当たりがないのは一緒だったから、カミーユはあわてて首を振った。

「わからないわ」

ジョゼフはもったいぶった笑いを浮かべた。

「あいつには、夢遊病の気があるらしい」

「え？」

「何度も、姿を目撃されているんだ。兵や、朝帰りの貴族からな。誰に話しかけられても返事もせず、表情も変えない。ぼうっと幽鬼のように漂って、いつの間にか姿を消している。だから、おそらくは夢遊病だ」

夢遊病とは眠っている間に勝手に身体が動き、起きているときのような行動をする病だ。ロンダール王国では、「悪魔の憑依（ひょうい）」ととらえられている。

それにかかったものは、神による許しと癒やしを求め、神父による悪魔払いをしないと病は癒えない。

何かアイザックは、悪魔に憑依されるような罪を犯したのだろうか。それとも、何か目的があって、そんなところをうろついているのか。

「アイザック本人は、自分は夢遊病だと知っていると思うか？」

ジョゼフに尋ねられて、カミーユは困惑した。

「アイザックが知らなかったとしたら、どうするつもりなの？」

鼓動がせり上がる。

何かアイザックのこの病を、ジョゼフに利用されそうな不安があった。

ジョゼフは自分の素晴らしい企みを知らせてやるとばかりに、目を輝かせた。

「カロリング家はあいつの代に代わってから、異民族に備えるためと称して毎年のように私兵を増やし、軍事的な増強を行ってきた。それこそ、陛下の軍隊を脅かすほどに」

だとしたら、何だというのだろう。

アイザックは自分の領土にどれだけ私兵を補充するか、砦をどう築くか、ということについて、王に疑念を持たれることがないよう、毎年詳しく打ち合わせている。

だから、カロリング領の軍備については、王がつぶさに承知しているはずだ。

だが、カミーユはそのようなことはカロリング家に嫁ぐまで知らなかった。ジョゼフがそのことを知らないのだとしたら、あえて今、知らせる必要はない。

だから、あえてうなずいてみせた。

「そうね。兵は確かに、増強されているわ」

「アイザックが謀反を企んでいる。あげくに宝物殿が破られ、アイザックがその付近で目撃され、しかもヤツの手元に、盗まれた『王冠』と『笏』があったらどうだ？」

「えっ」

ゾッとした。

まさか、ジョゼフはそんな企みを実行しようとしているのだろうか。

カミーユの顔から血の気が引いていく。

『王冠』と『笏』は、不可侵な宝物だ。

王以外は許可なく触れることは許されず、国の重大な行事のときしか披露されることもない。

それらを、ジョゼフはアイザックを失脚させるために利用しようとしているのか。

考えただけで、肝が冷える。

ジョゼフの計画に関わってはならない。途中でその計画が頓挫したときに、カミーユまで罪に問われることとなるからだ。

ジョゼフは何かと配慮が足りない。綿密な計画を立てたつもりでもどこかに穴があるだろうし、仲間たちとの連携もうまくいっていない可能性がある。

——関わってしまうことになるリスクは大きいわ。だけど、……アイザックを守らなくては。

それに、気になることがある。

早朝、王城の宝物殿のあたりを、アイザックがうろついている事実がある。本当に夢遊病なのだろうか。だとしたら、ぼうっとしていたアイザックが囚われて、罪を着せられかねない。

——それだけは、阻止しなければならないわ。

カミーユは気持ちを引きしめた。

幼いカミーユの手を引いてくれたアイザックの、大きくて温かい手のことが心にある。

今度は自分がアイザックを守る番だ。

カミーユはすごく努力して、強ばった頬に笑みを浮かべてみせた。共犯者のようなそぶりを装う。

「いいわね、ジョゼフ。私も早く、カロリング家から解放されたいの。カロリング家を破滅させて、モンパサ家に逃げ帰りたい。そのためだったら、何でもするわ」

そんなカミーユの言葉に、ジョゼフは我が意を得たりとばかりに笑った。

「そうか。そんなにも、カロリング家はつらいか」

「毎日、泣いてばかりだわ。だから、全面的に協力する。私の気持ちは、ずっとドンピエール派にあるのよ」

下手な演技でも、ジョゼフには通用したようだ。

ジョゼフはますます上機嫌に笑ったのだった。

第八章

深夜、アイザックが隣でむくりと起き上がり、天蓋布を押し上げて出て行くようすを、カミーユは寝たふりを装いながらうかがっていた。

アイザックは武人だ。下手に尾行したら、気づかれる可能性がある。

そうは思ったのだったが、他人の助けは借りられない。

あらかじめ準備してあった上着を羽織り、アイザックから十分な距離を空けて窓に面したガラス戸を押し開き、直接庭に出た。

これで、アイザックが明け方に自分の部屋を出て行くのを目撃したのは三度目だ。こんな時間に、どこに何をしに出かけるのか。

王城の宝物殿のあたりとジョゼフが言っていたが、本当だろうか。

カミーユはアイザックに気づかれないように、距離を保ってその後を追っていった。

まだ夜の気配が強かったが、東の空は明るくなりつつある。

侍女によると、夜明けの一時間前ぐらいからこんなふうに空が明るくなってくるそうだ。

おかげで足元が見えないといったことはなく、少し先を歩くアイザックの輪郭もどうにか見分けることができる。

カロリング家の隣が、すぐ王城だ。アイザックはカロリング家の庭を横断して、馬車道に出た。

アイザックは城門に沿って、しばらく歩いていく。

その途中で、ふとその姿がかき消えた。

——え？

どこに消えたのかと焦って駆けつけると、彼の姿が見えなくなったあたりの城門の一角に、人一人が通れるぐらいの木の扉があるのに気づいた。押してみると、それは施錠されてはいない。

——ここに通用口があるんだわ。

カミーユもその木の扉をくぐった。

分厚い城門を抜けたら、王城内の敷地だ。こんなふうに侵入できていいのかと思ったが、広大な王城内でも重要な施設の前には不寝番の兵がいるし、それぞれのエリアごとに警備されているから、心配はないのかもしれない。

ここは王城の庭の一角のようだ。

敷地はとても広く、木々が生い茂っているせいで、アイザックの姿を見失いかけていた。だけど、アイザックが向かったのは宝物殿のほうだと聞いていたから、こちらのほうに向かうと、少し離れた散歩道を移動していく人影を見つけた。

——いたわ……！

慌てて後を追う。

顔は見えなくても、輪郭や歩くときのちょっとした癖から、アイザックかどうかの見分けがつくようになった。そんな自分に笑ってしまう。

——影まで素敵なのよね、アイザックは……！

いつの間にかこれほどまでに、アイザックのことが好きになっていた。

あまりしゃべらず、愛情表現も派手ではないのだが、気づけば自分を見ているアイザックの眼差しに気づく。何より眠っているカミーユにキスしてくれるアイザックが愛しい。

——それに、信条も好きよ。

ジョゼフのように派閥を自分に都合よく使うのではなく、アイザックは国のことを考えている。

——だけど、気になるわ。朝の、アイザックのこの徘徊（はいかい）……。

ジョゼフは夢遊病だと言っていたが、アイザックの足取りはそうとは思えない。何か目的を持って、移動しているように思えた。

——だけど、挨拶をしても返事をしないとか、ぼうっとしてたとか。

アイザックの目的が何なのか、確かめておかなければならない。ジョゼフが彼の奇行を知って、足をすくおうとしているからだ。

やがて見えてきたのは、王の宝物殿だった。

やはり、ジョゼフが言っていたように、アイザックは危険な場所に向かおうとしている。

――なんで？　何をするためなの？

身体がすくみあがる。

もしかして本当に、アイザックは夢遊病なのだろうか。

第九章

特別な女の子だと思ったときから、カミーユはアイザックの中で特別となった。

そんな彼女の成長を、カロリング家の屋敷からのぞくことができたのも、何だか運命的なことのように思えた。

貴族の子息にとって、貴族の令嬢とはそう容易く顔を合わせられるものではない。

令嬢は大切に屋敷の中で育てられ、年頃になったときに社交界デビューを果たす。その親や兄弟の手によって、家格にふさわしい相手と引き合わされる。

だから、舞踏会や宴などの取り繕った場で、お見合いとして顔を合わせるだけで、その相手の真の姿や思いに触れられることはない。

アイザックにとって、そのような場で顔を合わせた令嬢は、綺麗に着飾った人形としか思えなかった。

だから、なおさら一度会っただけのカミーユの、生き生きとした笑顔が忘れられなくなった。

屈託のない笑顔がまぶたに灼きつき、『両派閥で仲良くすればいいのにね』と素朴な思いを語った声が、いつまでも耳の奥に残っていた。

『だったら君は俺がカロリング家の人だったとわかっても、仲良くしてくれるの？』

そんな問いかけに、カミーユが答えてくれた。

『もちろんよ、あなたは素敵だから、ドンピエール派の素敵なお嫁さんをもらうといいわ』

それからカミーユは、アイザックの顔をのぞきこんで言ったのだ。

『私がお嫁さんになってあげるわ』

十やそこらの年の女の子の戯言だ。

ちょっとした微笑ましさだけを残して、すぐに忘れると思った。なのに、不思議と忘れられない。

いつしかカミーユは、アイザックにとっての希望となった。

――彼女の力があれば、両派閥の関係を良くなるかもしれない。

若年でカロリング家の当主となり、派閥を率いる長とはなったものの、物事はアイザックの思い通りには進まなかった。ひどく苦労した。気鬱なため息をつくのが習慣となった。

派閥の仲は悪く、何かとドンピエール派は突っかかってくる。

ひたすら雪解けを望んで、カロリング派のほうから和解する雰囲気を作っていったものの、いつまでも両派閥はギスギスとしたままだ。

――だから、君の言葉にすがるようになったんだ。

成長を遠くから見ているうちに、本気で彼女と結婚したいと願ってしまった。

年齢差は多少あったが、政略結婚が多い貴族において、これくらいなら問題はないだろう。

だから彼女が成長して、社交界デビューするまで待とうと決めた。

――それまで、……どうにか耐えたんだ。

ドンピエール派から向けられてくる敵意に満ちた眼差しを。

心ない言葉を。

全てを受け流し、両派閥の関係を改善するために、力を尽くした。

ドンピエール派の挑発に煽られて突っかかっていきそうになるカロリング派の貴族をたしなめ、関係が改善するように努力し、ときには敵に塩を送るようなことまでした。

カミーユがカロリング家に嫁ぐことになったときに居心地の悪い思いをすることがないように、ひたすら準備を進めたのだ。

カロリング派の不満がたまらないように、勉強会や前向きな企画を催し、派閥の人々の意識を外部へそらすことも成功した。

その苦労の甲斐(かい)あって、今のカロリング派の雰囲気は、かつてに比べたらだいぶ良くなっていると思う。

だが、カミーユが社交界デビューしたときには、すでにジョゼフの婚約者だった。

それを知ったとき、アイザックはとんでもないショックを受けたのと同時に、自分を笑った。

全ての望みが潰えたと思った。

自分がしてきたことが全て無駄だったように思えて、人生を呪った。

その後で反省した。名家の令嬢であるカミーユには、幼いころから婚約者がいても当然だ。その可能性をまるで考えず、浮かれていた自分が悪い。

ドンピエール派の情報は、あまり耳に入れないようにしていた。悪口ばかりのろくでもない噂話が多かったからだ。だから、カミーユに婚約者がいることも知らずにいた。

それでも諦められずに、遠くからでもカミーユを見たくて、稀に彼女が出席している宴に参加することもあった。

成長したカミーユは、美しかった。

くるくると変わる表情に、楽しそうな笑顔。

遠くから見ているだけでも胸が騒ぎ、近づきたいという焦燥に駆られた。

——それでも、諦めるしかなかった。

そろそろこのどうしようもなく育ってしまった恋心を捨てるために、宮廷には出入りせず、しばらく国境の砦に引きこもろうと考えていたところに、ランス伯爵夫人から、からかい混じりの声をかけられたのだ。

『あなた、ずっとモンパサ家の令嬢ばかり見ているのね』

自分の気持ちを、完璧に隠し通しているつもりだった。

この宮廷で誰にも知られるはずはないと思っていた。なのに、思いがけず恋心を暴かれて、アイザックは狼狽した。

しかもランス伯爵夫人はカロリング派ではなく、ドンピエール派の人間だったのだ。夫を亡くし、遺産相続で困っているときに、相談に乗ったことがある。ドンピエール派の人間はこのようなときに冷たく、女性一人で困り切っているときだった。

その恩義を感じているのか、敵対派閥の人間であるにもかかわらず、人気のないときに話しかけてくることがあった。

初めての恋心を他人に触れられなくなくて、アイザックは何事もないように応じた。

『そんなはずはない。彼女はジョゼフ・ドンピエールの婚約者だ』

『婚約者ってだけで、まだ結婚したわけじゃないわ。そんなにも恋した目で見つめているのに、奪い取ろうって気概はないの？　一言、私に命じてくれたら、彼女にとってジョゼフがどれだけ不実な男なのか、証明してあげられるけど』

ランス伯爵夫人は、色っぽい美人だった。

何かご恩返しをしたいとばかりに見つめられ、その言葉にうなずいてしまったのは、それだけカミーユに恋い焦がれていたからに他ならない。

ジョゼフは不実な男だということは、アイザックも知っていた。

カミーユが出席していない舞踏会やさまざまな催しごとで、ジョゼフが多くの女性と遊び歩いているのかを見ているからだ。

ジョゼフが浮気者だと暴いたところで、二人の婚約がどうにかなるなんて思ってはいなかった。

──政略結婚だから。

本人の気持ちではなく、家同士のつながりのほうが重視される。

それでも、カミーユには幸せになって欲しかった。幼いころと変わらない、楽しそうな笑みを、ずっと浮かべていて欲しい。

『──礼には、何をすれば？』

気づけば、そんな言葉を口走っていた。ランス伯爵夫人はアイザックを見つめ、艶然と微笑んだ。

『お礼なんていいわ。前に、助けてくださったときのご恩返しよ』

だけどまさか、あれほどまでにたわいなく、ジョゼフがランス伯爵夫人の誘惑に惑わされるとは思わなかった。

それどころか、カミーユとの婚約破棄にまで発展するなんて想像もしていなかった。

──しかも、あのような公衆の面前で……！

そのときのことを思い出すたびに、アイザックはジョゼフへの怒りに全身がカッと熱くなるのを感じる。

婚約を破棄するにしても、ちゃんとした貴族なら令嬢の体面を考えて、順序立てて物事を進めるのが普通だ。

あんなふうに大勢の貴族たちの前で、婚約を破棄するなんてあり得ない。

そこまで考えが及ばないのかと、あのときアイザックは血が煮えたぎるような怒りを覚えた。

――だけど、俺のせいだ。俺がランス伯爵夫人の提案に乗ったから。

あの日、カミーユは人々の好奇の眼差しにさらされ、ひどく青ざめて震えていた。

彼女がそのような見世物になるのが耐えきれず、アイザックは人々をかき分けて前に出た。

それからは、びっくりするほど思い通りにことは進んだ。

賭けの賞金として自分を奪い取ったアイザックに、カミーユが心を許しきれていないのは感じている。

だけど、急ぐことはない。

どれだけでも時間をかける。

カミーユは自分の妻になったのだから。

――愛してる。

最初は、カミーユは両派閥との関係を改善するための希望だった。だけど、今はそんなこととは関わりなく、彼女の全てが愛しくてたまらない。

ただそばにいるだけでいい。その姿を眺め、声を聞いているだけで、アイザックは満たされる。

いずれ彼女が、自分の思いに気づいてくれたらいい。

それ以上のことは、何も望まないつもりだ。

「カミーユさま。……カミーユさま」

侍女に声をかけられ、カミーユは慌てて起き上がった。王城の庭から戻り、朝食までの短い時間だけ仮眠するつもりだったのだが、思いがけずぐっすりと眠りこんでしまった。

すっかり寝室内は明るかったから、まずはそのことに驚いた。

慌てて夜着を脱ぎ捨てながら、カミーユは尋ねた。

「アイザックは、もう朝食を終えられてしまわれたかしら」

自分に合わせて、朝食に起きてくる必要はない。

そんなふうにアイザックはかつて言ってくれたが、カミーユのほうが彼と一緒に朝の時間を過ごしたくて、毎朝、ちゃんと起きている。

今日は寝坊しすぎたかと焦って尋ねると、侍女はカミーユの着替えを手伝いながら、少し慌てて言ってきた。

「お待ちでございます。ですから、急いで食堂に向かわなければ」

「そうね！」

これ以上待たせてはならない。カミーユは朝の支度を猛スピードで終えて、早足で食堂に向かった。

早朝、アイザックの跡をつけ、とある光景を見た。

そのことについて、早速、アイザックと話さなければならない。

そんな気概とともに食堂に到着した。アイザックは椅子に座り、窓の外を眺めながら、朝日にシルエットを浮かび上がらせている。その姿を目にしただけで、カミーユのテンションは最高潮に上がる。

「おはようございます」

自分の椅子に回りこんで、その正面に座ると、いつにない笑顔に気づいたのか、アイザックは戸惑った顔をした。

「おはよう。何か、いいことでもあったのか？」

「もちろんよ。とてもいいことがあったの」

テーブルの上に、次々と朝食の皿が運ばれてくる。

テーブルの端に置かれているデザートの皿には、このところずっと花ベリーが盛ってある。

毎日、花ベリーはテーブルに載せられていた。

数はまちまちだ。二十個のときがあったり、四個のときがあったり。

そのときどきで採れる量が違うのだろう。

「今日も、花ベリーがあるのね」

その皿に視線を止めて言うと、アイザックはこともなげにうなずいた。

「ああ。もうじき、季節も終わりとなるだろうが」

今日、皿に載せられている花ベリーは五個だった。

赤黒く熟した果実の周りを、可愛らしい花弁が取り囲んでいる。その花弁は、朝露にしっとりと濡れていた。

瑞々(みずみず)しく、摘んだばかりの花ベリーがどんな過程を経て食卓に上がるのか、カミーユは考えたことがなかった。

その美しい果実をじっくり眺めてから、カミーユはアイザックに視線を戻した。

「この花ベリー。とても貴重なものなんですってね」

言うと、アイザックは小さくうなずいた。

「ああ。だが、来年はうちの温室で採れるように苗を手配した。栽培法も庭師に学ばせる」

「そうなったら、とても嬉しいわ。毎朝、これを食べるのが、私の最高の楽しみだもの。食べられて嬉しい、美味しいとしか思ってなくて、これを準備するのがどれだけ大変なのか、……考えたこともなかったわ」

カミーユの声が少し上擦った。

他人の強い思いに触れ、心が震えると、声に感情が溢れてしまう。特に大好きな人の、知られざる思いに触れたときにはそうだ。

カミーユは今朝、見てしまった。

日が昇るか昇らないかの、薄明の時刻。

アイザックがそんな時刻に起きだして、王城に向かう理由を。

朝早すぎるから、誰ともすれ違うことはない。

だけど、そんなに人の少ない時刻でも、繰り返せば誰かの目にとまることがある。それが重なれば、噂となる。それだけの回数、彼は王城の庭まで出かけてくれた。

そう思うと、ジンと胸が痺れた。

――どうして、……そこまでしてくれたの？

理由が知りたい。

カミーユのまぶたに今朝、目にしたアイザックの姿が蘇る。

最初は彼が宝物殿に向かっているのかと焦った。

ジョゼフが言っていたように、王の証である『王冠』と『笏』を盗み出そうとしているはずがない。だが、こんな時刻に宝物殿付近をうろついていたら、疑われる。

だが、アイザックは宝物殿の横を抜け、奥のほうへと向かった。彼の目的地は温室だった。

貴重な板ガラスで覆われており、その中では南国の珍しい草花や、大切な薬草が育てられていた。

カミーユはまだそこには入ったことがない。入るには、特別な許可が必要だと聞いている。

だが、アイザックはためらいなく、温室に入っていった。

その後を追ったカミーユは、ガラス越しに見た。

温室で、アイザックが花ベリーを摘む姿を。

日の出前の、あたりが薄明に染まる時刻に、花ベリーは咲くそうだ。日が高く昇ると花はしぼんでしまうから、その時刻に摘んでおく必要がある。

そんなふうに、アイザックが以前、言葉少なに語ってくれたのを思い出した。

アイザックは咲いている花ベリーを見つけると、その前で屈みこんだ。そのときの表情が、遠くからのぞき見ていたカミーユにも見えた。

柔らかな表情だった。誰かが喜ぶ表情を思い浮かべているように、優しくて愛しげな顔をしている。

その表情は、カミーユが花ベリーを食べているのを見るときに、アイザックが浮かべているのと一緒だった。

だから、自分のために花ベリーを集めてくれたのだとわかった。

こんなに愛しげな顔をして花ベリーを摘んでいるのだと知って、自然とカミーユの目には涙が浮かんだ。

今も、思い出しただけでも泣きそうになる。

それはたぶん、眠っているカミーユに口づけるときの表情とも同じなのだろう。

アイザックは顔が怖いから、甘い表情など滅多に見せてくれない。なのに、そんなときに人知れず浮かべる表情がこんなにも甘いなんて反則だ。

もっとその表情を、自分に向けて欲しいと願ってしまう。

だから、そのことについて、アイザックと話したい。

花ベリーを摘むときに、アイザックが何を考えていたのか、直接自分に伝えて欲しい。

そうすれば全てのわだかまりを解いて、アイザックを心から信じることができるはずだから。

なのに、アイザックは自分の労苦を知らせるつもりがないのか、いつものようにそっけない態度を見せた。

「別に、さして大変ではない。ただ、摘むだけだからな」

自ら摘んだのではなく、使用人が準備したとでもいいたげな態度だった。

カミーユが今朝、この目で現場を見ていなければ、そう信じてしまうところだ。

アイザック自らが、——この国の宰相候補にも挙げられているカロリング家の当主が、わざわざ早朝に起き出して眠い目を擦り、王城の温室まで出向いて、その手で一つ一つ摘んでいるなんて、想像もしていなかった。

だからこそ、そこまでしてくれた理由が知りたいのだ。

飢えるようにじっとその顔を見つめてみたが、アイザックは冷静な態度を貫いている。そう簡単には心の中をのぞかせてくれそうにない。

彼は照れ屋で、感情表現が下手だ。今みたいに真顔でいられると、怖いほどの迫力がある。

だけど、ここで聞いておかなくては、一生その心の扉は開かない。カミーユはぐっと身体に力を入れた。

敵派閥の人間であるアイザックが、自分を娶った意味がずっとわからずにいた。

だがアイザックの温室での行動に、その秘密が隠されている気がする。

言葉で伝えて欲しい。そうでなければ、納得できない。してあげない。

——だってあなた、わかりにくいんだもの……！

温室でアイザックが浮かべた柔らかな表情を見たときに、一瞬、全てが理解できた気がした。

それでもそれがカミーユの勝手な思いこみではないのだと知るために、正解を教えて欲しい。

一筋縄では口を割らなさそうなアイザックにしゃべらせる方法は、何も思いつかなかった。

だから、こちらから心をさらけ出すしかないと覚悟した。

カミーユのほうも、どこまでアイザックに気持ちを伝えられていたかわからない。気持ちをさらけ出すのは、勇気がいる。ましてや彼のことを疑っていたと伝えたら、嫌われないだろうかと心配にもなる。

それでも、偽りなく伝えたかった。そうしなければ、欲しいものは手に入らない。

「あのね――」

カミーユはテーブルで祈るような形に両手と指と指を組み合わせた。その手にぎゅっと力をこめながら、アイザックを見つめる。

「たまに、あなたがベッドに忍んできてくれるのが、嬉しかったの。だってあなた、眠っている私にキスしてくれるんだもの。愛されてるって感じたわ。だけど、朝、起きたときに、あなたがいないから、寂しかったの」

アイザックの表情は変わらない。

だが、寝ている間にキスしていたのをカミーユに知られていたと知ったからか、じわりと頬が赤くなる。

「朝方、たまに、あなたがベッドから抜け出しているのに気づいたのよ。どこに行くのか気になったから、……今朝、ついにその後を追ってみたの。あなたが王城の庭をうろついている姿は何人かに目撃されていて、夢遊病らしいって噂もあったから、心配でもあったし」

「夢遊病?」

そんな噂があったことは初耳らしく、アイザックは驚いたような顔を見せた。

「だけど、そうじゃないってわかったわ。あなたは温室に、花ベリーを摘みに行ってくれたのよね。私がそれを、……好きだから」

アイザックはその事実を暴かれるとは思っていなかったらしく、焦ったように視線を泳がせた。

だが、ごまかすことはできないと腹をくくったようで、自嘲するように唇をゆがめた。

「それくらいしか、君を喜ばせる方法が見つからなかったからな」

その言葉が、カミーユの心臓を直撃する。

愛しさで全身が爆発してしまいそうなカミーユの前で、アイザックは目を伏せたまま、続けてくれた。

「花ベリーを初めて食べたときの君の反応が、とても可愛かった。目をまん丸にして、すごく幸せそうに笑ってくれた。だから、君をまた喜ばせたくて、その笑顔が見たくて、……バカの一つ覚えみたいに、花ベリーを摘むことしか思いつかなかった」

そんな言葉を聞いて、カミーユは目頭が熱くなるのを感じた。

多忙な彼が、自分を喜ばせるためだけにわざわざ早起きをしてくれた。

花ベリーを摘むときに、アイザックが浮かべていた幸せそうな表情が蘇る。ただカミーユの笑顔を見るためだけに、アイザックはせっせと朝、王城の庭まで通っていたのだ。

「花ベリーを摘んでいいと、陛下から特別な許可も得た」

――だって、……そんな……。

しかも、ずっとそれを隠していた。

アイザックの愛情表現は不器用だ。

そこまで手間をかけた花ベリーを、何も言わずに毎朝、テーブルに載せてくれた。

カミーユは彼の労苦を知らずに、何げなくそれを口に運んだ。最初はとても美味(おい)しく食べていたが、だんだんと慣れて、ぞんざいに味わっていたこともあったかもしれない。

食べ残したことも、あったような気がする。

――なのに、……なのによ。……毎日毎日、欠かさず花ベリーはテーブルにあったわ。

雨の日もあった。アイザックが疲れ切って、朝起きるのが億劫(おっくう)な日もあっただろう。

毎朝の花ベリーにこめられたアイザックの手間と思いを知って、涙があふれそうになる。

カミーユの表情を見て、アイザックは驚いたような顔をした。

だから、この朴念仁に、カミーユは思いをたたきつけた。

「あなたが毎日、そんな手間をかけてくださっていたなんて、少しも知らなかったわ。言ってくださったら、……もっと味わったし、感謝もしたのに。……なのに、……私が今朝、後を追うまで、ずっと黙って」

ぽろぽろと涙がこぼれた。

どうして、アイザックはここまでしてくれるのだろう。

アイザックはテーブルの向こうで、途方にくれた顔をした。

「言う必要はなかった。君が、……少しでも美味しく食べてくれれば、それで」

首を傾げて、言葉を継ぐ。

「ただ少しでも、ここの家にいることを心地よく思ってくれたら、それでよかった。だけど、もうじき花ベリーは終わってしまう。これが切れてしまったら、他に喜んでくれるものが思いつかない」

その言葉を聞いているだけで、カミーユは涙が止まらなくなる。

愛情深い人だ。見返りを求めない。

どんな愛の言葉より、カミーユのために朝早くに起き出して、花ベリーを摘んでくれたという事実が愛しい。彼への思いで、胸が一杯になる。

嫁いだのが、アイザックのような人でよかった。

「だけど、どう、……して……」

カミーユは必死で声を押し出した。

「どうして、そこまでしてくださるの？　私は、あなたには何も」

「昔、市で君を見つけて、モンパサ邸まで送ったことがあったって言っただろ。そのときの、君の言葉が忘れられなかった。両派閥で仲良くする努力をするために、君が必要だった。だけど、遠くから見ているうちに、理屈ではなくて、好きになってしまった」

「……っ」

「ジョゼフから、君を奪う形になった。……その詫びもあって、君がこの家にきて幸せに過ごせるように願った」

こんな純粋な人を、どうして自分はずっと疑っていたのだろう。

全ての疑いが消えた。もう彼のことは、疑わない。これからは、心置きなくアイザックに愛情を注ぎたい。彼が自分に注いでくれたのと同じくらい。もしくは、それ以上に。

アイザックには、モンパサ家の財産を奪おうなんていう下心はない。ようやく、そのことがストンと腑に落ちた。両親にも、確信をもって伝えられる。

今までずっと心に抱えていた重荷が消えて、なおさら涙が止まらなくなる。

そんなカミーユを、アイザックはずっと見つめていた。

涙がようやく収まったころ、カミーユは決意した。

アイザックと一緒に、両派閥の和解を推進する立場になりたい。

そのためには、ジョゼフがどうしても邪魔だ。今でも、彼はひたすらアイザックの足を引っ張ろうとしている。

「あのね」

カミーユは深呼吸した。

「知らせておきたいことがあるの。ジョゼフがあなたを陥れようとしているわ」

アイザックが夢遊病だと聞きつけて、ジョゼフがろくでもない計画を練っている。

アイザックがその計画に足を引っ張られることがないように警告しておかなければならない。

アイザックだったらこの計画を利用して、ジョゼフに一泡吹かせることができそうな、そんな期待もあった。


アイザックの視線の先で、ジョゼフは深夜、王の宝物殿に忍びこもうとしていた。鍵は宰相である祖父から盗んだのだと、カミーユから聞いている。

両派閥の和解のためにはジョゼフが大きな障害となる、というカミーユの意見には、アイザックも賛成だった。

だから、これはジョゼフを始末する絶好の機会として、アイザックは利用することにした。

これほどまでに思慮の足りない男を野放しにしておいたら、いずれこのロンダール王国にとっても禍となるからだ。

カミーユからジョゼフの陰謀を聞いたアイザックは、そのまま登城して、王にその計画を語った。

まさか、と当初は王は絶句していたが、その証拠を直接、見せることになった。

翌日である今夜、わざわざ王はアイザックとともに宝物殿のそばにある温室まで足を運んで、そこから宝物殿を監視している。

宝物殿は王の兵にひそかに取り囲まれていた。

ジョゼフはここから今日、宝物を実際に盗み出すそうだ。夢遊病にかかっているアイザックが盗み出したことにして、アイザックの枕元に宝物を置くつもりだそうだ。

その役割を、カミーユにやらせようとしていたのだから驚く。

全ては夢遊病にかかって王城の庭をうろついているアイザックの姿を、兵や貴族たちが目撃したところからジョゼフが考えた計画らしい。だが、『王冠』と『笏』には、何があっても手を出してはならない。そんな分別がついていない男は、宮廷貴族でいる資格がない。

「まさに、そなたが言った通りだったな、アイザック」

アイザックの隣で、王がほとほとあきれ果てた顔で言った。

王も直接、その目でジョゼフが隠し持っていた鍵で宝物殿の鍵を開け、その中に忍びこんでいく姿を目撃することとなった。それが何よりも確かな証拠となる。

盗みを終えてジョゼフがどこから出てきても、兵たちが彼を取り押さえる手はずだ。

だが、ジョゼフはなかなか出てこなかった。

彼が盗み出すのは『王冠』と『笏』だと聞いていた。それは宝物殿の一番奥に収納されているから、取り出すのに時間がかかっているのかもしれない。

だが、他にも秘密の通路があるのではないかと心配になるぐらい、宝物殿の扉は閉ざされたままだ。

焦れたのか王が無言で温室から出て、宝物殿の正面扉に向かった。

アイザックも王のすぐ後を追う。アイザックの腰からは剣が下がっており、ジョゼフが狼狽のあまり思いがけない行動に出た場合には、王を守ることができる。

王が宝物殿の扉の前にたどり着き、一呼吸置いたとき、不意にその扉が内側から開かれた。

顔を出したのは、ジョゼフだ。ジョゼフはそこに人がいるとは思っていなかったらしく、ひどくギョッとした顔をした。その直後に、目の前にいるのが誰だか気づいたようだ。

「陛下……？」

「そなたが手に持っているものは、何だ」

王が重々しく声を発すると、ジョゼフは雷に打たれたように震え上がった。

それから、持っていたそれを隠そうとしたのか、慌てて周囲を見回した。だが、そのときにはジョゼフの左右にはぴたりと二人の男がついて、両手を背後からねじ上げた。ジョゼフはたまらず、床に膝をつく。

片方の手はアイザックがねじあげていたが、もう片方をつかんでいるのは素早く近づいてきた王の近衛兵(このえへい)だ。

アイザックがつかんだほうの手には王冠が入った箱が、もう片方の手には笏が握られていた。

ジョゼフがその箱を取り落とすことがないように、アイザックは慎重に王冠の入った箱をつかんで取り上げた。

すぐに別の兵がやってきて、アイザックの代わりにジョゼフを取り押さえる。

「中をあらためよ」

王の声が響いたので、アイザックはうなずいて王の左手前に移動し、箱を開いた。

そこに入っていたのは、紛れもなく王冠だ。このロンダール王国の王座の象徴であり、この国で産出された巨大な宝石が、王冠の中央にはめこまれている。

王以外は触れることさえ許されていない。

それを許可なく宝物殿から取り出した、というだけでも首が飛ぶ。

――よりにもよって、これを。

ジョゼフはこの宝物を盗み出し、アイザックにその責任を負わせようとしていた。

ジョゼフの計画では、とある日の未明に宝物殿が破られ、その宝物二つが盗み出されていることが発覚する。

王城にやってきたジョゼフやその配下によって『アイザックが王城に庭をうろついていた』という目撃談がまことしやかに語られることになっていた。それを受けて、カロリング邸に王の兵やジョゼフたちが大勢で詰めかけることになる。

アイザックが焦ってその宝物を隠そうとしても、猫の子一匹逃さないような体勢で屋敷は取り囲まれており、徹底的に家捜しされる。

そして、その宝物二つが発見される。ジョゼフが盗み出したそれらが、カミーユの手によってアイザックの部屋に隠されているからだ。

そうやって、アイザックを失脚させるつもりだったようだ。

——あまりにも思慮が足りなさすぎる。

それでも、カミーユがジョゼフの要求のままに『王冠』と『笏』をアイザックの部屋に隠していたなら、どんなに言い訳をしても通用しない事態になっていたことだろう。

だが、カミーユはすでにアイザック側の人間だ。

それどころか、宝物殿から宝物を盗み出すところを王自らに目撃されたら、ジョゼフのほうが完全に終わりとなる。

王は笏も確認した後で、近衛兵に地面に組み伏せられたジョゼフに向かって、重々しく声を発した。

「余のものを盗み出したことについて、申し開きはあるか」

ジョゼフは弾かれたように顔を上げ、すがるように王を見た。

だが、すぐには何の言い訳も思いつかなかったらしい。深くうなだれて、首を振った。

王はそんなジョゼフに、哀れむような視線を向ける。

「牢に入れよ。どのような処分を下すかについては、後々指示する」

そこまでされるとは思わなかったらしく、ジョゼフは怯えて叫んだ。

「陛下、……陛下……っ。お爺さまを！　……お爺さまを、……呼んでください……っ」

ジョゼフは近衛兵によって連れ出されながら、悲痛な叫びを漏らした。こんなとんでもないところを取り押さえられたとしても、祖父が取りなしてくれさえしたら、まだ活路はあると思っているらしい。すでに祖父は、明日をも知れない命だというのに。

――残念ながら、それは無理だ。

ジョゼフを見送って、アイザックは小さく息を吐く。

他の品ならまだしも、ジョゼフが盗み出そうとしたのは『王冠』と『笏』だ。この二つに手をかけたからには、反逆罪は免れない。

どんなに罪が軽くなったとしても、一生牢獄から出ることはかなわないだろう。

アイザックは王城のほうに向かう王に付き従って、歩いていく。

すると、ぼそりと尋ねられた。

「ジョゼフ・ドンピエールには、できのいい弟がいるという話だが」

王が何をアイザックに言おうとしているのか、すぐに理解できた。

ジョゼフを反逆罪で処分した場合には、ドンピエール家を誰が継ぐかが問題となる。ジョゼフの代わりとなる弟の資質を尋ねているのだ。

王はレオンの顔ぐらいは知っているが、親しく会話を交わしたことはないはずだ。

「ジョゼフには、レオンという弟がいます。この弟でしたら、何の問題もないかと」

アイザックは何度もドンピエール家の家督を継ぐのが、ジョゼフではなくてレオンだったら、と考えたことがある。

レオンは思慮深く、思いやりのある人間だ。

アイザックが両派の和解のために、試験的に催した宴にも参加してくれ、そこで何度か親しく言葉を交わした。レオンも両派の和解を考えているようだった。

「レオンがドンピエール家を継ぐことになったら、もっとうまくやれそうか？」

王はさらりと口にした。アイザックが両派の和解のために努力してきたのを、知っているのだろう。

「はい。レオンとでしたら、この国をより盛り立てていくことが可能かと考えます」

「そうか。余が触れを出したぐらいでは、両派閥の対立はどうにもならなかった。レオンが継ぐことで、和解が進めば良いのだが」

「一層、努力いたします」

王が両派閥の和解を促進しようとするアイザックの努力に、後押ししてくれるのはありがたい。

アイザックの胸に、熱いものが宿る。

アイザックは当主になってからというもの、和解のために奔走してきた。

だが、それが成功したとは言いがたい。敵派閥に属するカミーユを娶ってもなお、まだ大々的なお披露目パーティは開けないままだ。

――だけど、レオンがドンピエール派を継げば。

そこに、希望が生まれる。

王は振り返らないまま、アイザックに告げた。

「老宰相は、そろそろ引退するしかない。こんなことになったから、ドンピエールはレオンが継ぐことになる。ただし、宰相の座は、おぬしに継がせる。今後、よろしく頼む」

老宰相の引退後、誰がその役割を果たすのかが国政の重要な関心事になっていた。それをさらりと告げられて、アイザックは息を呑んだ。

――俺が、……宰相に……！

ジョゼフと比べたら自分のほうが適任であるという自負はあった。だが、レオンとならわからない。

そんなふうに思っていただけに、こうして言葉にして告げられたことで、王への感謝と、頑張ろうという思いが湧き上がってきた。

「御意のままに」

胸がいっぱいになって、そう答えることしかできなかった。

全ては、良い方向に向かうような気がする。

こうなったのも、全てカミーユのおかげだ。彼女のおかげでアイザックは両派を和解させるという強い思いを抱けたし、カミーユがジョゼフの策謀を聞き出して、アイザックに教えてくれなかったら、面倒なことになっていたかもしれない。

だが、おかげでジョゼフを排除できた。

振り仰いだ夜明けの空は、少しずつ明るくなりつつあった。

堂々とした王城の輪郭が、オレンジ色の空と相まって一段と際立っている。それを眺めながら、アイザックは王に従って歩いた。

この後で、カミーユに会いたくてたまらない。

カロリング家の屋敷で、彼女はこの計画がどうなったのかとやきもきしながら待っているはずだ。万事うまくいったと言った後で、自分は宰相になるのだと伝えたい。

心はカミーユのところに飛んでいた。

——俺が宰相になると伝えたら、何と言ってくれるだろうか。

喜んでくれるだろうか。それとも、自分と過ごす時間が減ってしまうことに、少ししょんぼりとした顔を見せるのだろうか。

どちらにしても、カミーユは大切にする。アイザックの宝だ。

両派仲良く、という彼女の願いをかなえたいと奔走してきた。その願いは、レオンという新しいドンピエール家の当主を迎えることで、大きく前進するはずだ。

幸せにしてあげたい。彼女と一緒にいれば、それだけでアイザックも幸せになれる。

レオンが当主になったならば、延び延びになっていたカミーユとの結婚披露パーティも行うことができるだろうか。

朝焼けとともに、希望が広がっていく。

全ては、カミーユのおかげだった。

第十章

すでに婚儀を挙げていたカミーユとアイザックの大々的な婚約披露パーティが行われると発表されたのに続いて、もう一つの大型カップルの婚約が発表された。

そのことをカロリング派とドンピエール派の貴族たちは、驚きとともに受け止めた。

ジョゼフ・ドンピエールが王家に対する反逆罪で逮捕され、ドンピエール家の家督は、レオン・ドンピエールが継ぐことになった。

この次男は賢さと思慮深さで有名だった。そんな彼が家督を譲られるのと同時に行ったのは、カロリング家に出向くことだった。

そこでアイザックの妹であるフランソワーズへ求婚したという。フランソワーズがその求婚を受け入れ、アイザックも二人の婚約を認めた。

そんな噂が宮廷貴族の間で流れるなり、特にドンピエール派の貴族たちは浮き足だった。

二人の婚約の知らせには、カミーユも大喜びだった。最初のきっかけこそカミーユが手伝いをしたものの、こんなふうにうまくいくとは思っていなかった。

だが、理想の形に着地したのが嬉しい。二人の愛が成就することは、両派の結束をますます固めることにもなるからだ。

——何より、ロマンチックだし！

レオンがカロリング家の居間で、花束片手にフランソワーズに求婚した現場に、カミーユとアイザックも居合わせた。

フランソワーズは震える手で花束を受け取り、頬を真っ赤に染めてひどく嬉しそうにうなずいた。

カミーユとアイザックは、二人を心から祝福した。

カロリング家とドンピエール家の、今までのいざこざを吹き飛ばすようなカップルの誕生を受け、今、両派は揺れに揺れていた。

頭の固い年寄りたちはそれでも渋い顔をしていたが、今まで大した理由もなく対立させられていた若い貴族たちは、長年の重しが消えたとばかりに喜んだ。

今まで敵派閥に属するということで密かに惹かれ合っていた男女が、この勢いに乗れとばかりに結婚を次々と成立させていく。その流行を受けて、敵派閥の相手と結婚する、ということが新たなステータスになりつつあった。

レオンとフランソワーズの婚約が発表された直後に、ずっと病の床についていた老宰相が逝去したという知らせがあった。

宰相の座はアイザックが継ぐことが王の名で発表された。一連の儀式が行われるその前に、カミーユとアイザックとの結婚披露パーティが開かれた。

会場はカロリング邸だ。ずっと使われていなかった大広間が開け放たれた。アイザックが当主の座についてから、初めて使われる会場だ。

招待客はカロリング派だけではなく、両派閥から半分ずつ。

ドンピエール派からは、レオンを筆頭に大勢が出席した。カミーユの両親も、その他のドンピエール派の人々も、ずっと連絡を取れずにいたカミーユの友達も、心置きなく参加できる。

父はさらにドールハウスに傾倒していて、アイザックから他国のコレクターまで紹介してもらって満足そうだった。

母はカロリング派の夫人たちとの親交を広め、そこで企画される勉強会にも参加することになっていた。以前会ったときよりも、生き生きしている。

半年ぶりに会った弟のオーギュスタンも、だいぶ背が伸びていた。だけど、カミーユ大好きなところは変わっていないらしく、泣きべそをかきながらしがみついてきた。近いうちにモンパサ家に戻って、自分と遊ぶことを約束させられた。

披露宴はとても大々的で、華やかだった。

両陛下の出席も賜り、宴は一段と盛り上がる。

両派閥が楽しげに交流する姿を見て、カミーユは胸が一杯になった。長年のしこりが、少しずつ解消していく。

完全にうち解けるまでにはもっと時間がかかるかもしれないが、大きな変化であることは間違いない。

人は誰かを憎んでいるよりも、協力し、相手のために尽くしてあげるときのほうが幸せを感じるはずだ。

ダンスが始まったフロアでは、敵派閥の令嬢にダンスを申しこむ貴族の子息が何組もいて、やんやとはやし立てられていた。

それを受ける令嬢も、楽しそうだ。

それらを眺めながらほっこりしていると、一通りの挨拶を終えたアイザックが、カミーユに手を差し出して誘ってきた。

「一曲、どうだ?」

すでにフロアでは、レオンとフランソワーズが踊っている。

彼らの婚儀は数ヶ月後に行われる予定だが、両派ともに招かれてかなり華やかなものになりそうだ。それに出席するのを楽しみにしながら、カミーユは微笑んでアイザックの手を取った。

「喜んで」

自分が幼いころ、アイザックに告げた素朴な思い。

『両派閥で、仲良くすればいいのにね』

それをかなえるために、アイザックは今まで努力し続けてくれた。

そう思うと、胸が一杯になる。時間さえかければ、かなわないことはないのだと思ってしまいそうになる。この両派の和解を成し遂げるために、どれだけアイザックが努力したのか、知っているつもりではいるけれど。

——それに、これで心置きなく、赤ちゃんも作れるわ。

アイザックへの疑念が払拭できなかったうちは、最後まで受け入れることはできなかった。

だけど今は、彼の子供が欲しいと心から思える。

派閥の関係に我が子が苦しむことがないように、この先も両派の和解を推し進めていく。いっそ、派閥なんてなくしてしまってもいいのかもしれない。

——いずれは、和解の対立があったことすら知らない子供が育つわ。

二人が手に手を取り合ってフロアの中央まで向かうと、それを受けて歓声が上がった。

自分たちは、両派の和解の象徴だ。

だからこそ、こよなくアイザックを愛し、アイザックからも愛されるように、ありったけの気持ちを注いでいきたい。それは難しいことではないはずだ。

——だって、アイザック。ずっと私のこと好きだったみたいなのよ?

それが伝わるだけでもくすぐったい。

そんなアイザックと視線を合わせ、ダンスのためにくっついただけでも、やたらとドキドキする。

大好きな人と、愛を育んでいく。

その、幸せな日々が始まる。


披露宴は大盛況だった。

いつもなら何時間か経てば退席する人々が増えてお開きとなるのだが、宴は盛り上がったままだ。この様子では夜遅くまで続くのかもしれない。

カミーユとアイザックはその途中で退席した。

それは不調法なことではない。

披露宴を挙げたばかりのカップルは、社交よりもお互いを優先させることを認められているからだ。

カミーユは自室に戻るなり、侍女に手伝われながら華やかな祝典用のドレスを脱ぎ捨てた。

重たい装身具も外して、複雑に結い上げた髪も下ろす。

楽な格好になってから湯浴みし、新しい夜着をつけて当主の寝室へと向かった。

そこには同じく楽な服装になったアイザックが待っていた。

カミーユを見ると、冷えたワインをグラスに注いでくれる。

「疲れたか？」

尋ねられたが、カミーユにはさほど疲労感はない。まだ興奮が残っているためだろう。

「そうでもないわ。あなたは？」

大勢を相手に、挨拶を交わしていたアイザックの姿を思い出す。頼りがいがあって、素敵だった。これからは、国を背負う宰相だ。

「こちらも、さして疲れてはいない。念願の披露宴だったからな」

そう言って二人でグラスを合わせる。喉が渇いていたから、カミーユはワインを半分ぐらいまで一気に飲み干した。

一息ついてから、アイザックがカミーユを愛しげに抱き寄せる。

そのままベッドに連れこまれて、口づけを受けた。

キスはだんだんと深くなる。

念願かなって愛し合うようになった二人の、むさぼるような口づけだ。結婚して半年も経つのに、いつでもアイザックがカミーユを愛しげに求めてくれるのが嬉しい。

――ようやく、これで一区切りよ。

両派閥の和解がかなった。

念願の披露宴も終わった。これからは人前でもアイザックと親密にすることができる。

カミーユからもアイザックの首の後ろに腕を回してすがりつき、この愛しい思いを伝えるために舌をからめていく。

唇から甘ったるい痺れが全身に広がった。

息が切れるまでキスを交わした後で、カミーユの身体はベッドに押し倒された。夜着を脱がされ、その身体に覆い被さったアイザックの唇が、胸元に落ちていく。

吐息でも感じるようになった乳首を舌で弾くように刺激されただけで、ぞくぞくと快感が広がっていく。

カミーユの感じるやりかたでの愛撫に、どうしようもなく感じてしまう。身体の芯が疼き出す。

「っあ！　……んぁ、あ……っ！」

乳首を交互にたっぷり舐めて、カミーユの身体を溶けさせてから、アイザックの手が下肢に落ちた。

感じやすい狭間を指先でなぞられて、そこがどれだけ濡れているか自覚させられる。

ぬめりを指先で塗り広げるように往復させられ、蜜があふれるその入り口に軽く埋められては、離された。軽くつつかれただけでも、それを引きこもうと身体がひくつくほどになってくる。

「っん、……ぁ、……は……」

ぐちゅぐちゅのそこがひどく疼いた。

最初は濡れるということすら知らなかった身体なのに、中に刺激が与えられないのがもどかしく感じるほどになっていた。

あえぎながらアイザックを見上げると、耳元でささやかれた。

「欲しい？」

指のことなのか、もっと大きなもののことなのか、わからない。

どちらも欲しくて、カミーユは唇の動きだけで「欲しい」と答えた。

恥ずかしくて、言葉にできない。

それだけでアイザックはよかったようだ。ぞくっとするような艶っぽい笑みを浮かべられた直後に、長くて太い指が入ってきた。

「っあ！　……ぁあああ……っ」

その固い指先の感触に、全てが巻きこまれた。

アイザックと会うまでは、まるで知らなかった身体の内側への刺激に、カミーユはあえがされる。

それは、とても甘い毒だった。そこに深くまで指を押しこまれ、ぐるっと掻き回されると、他には何も考えられなくなってしまう。

「っあ、……ぁあああ……っ」

気持ちよさそうにあえぐカミーユを見下ろしながら、アイザックが言った。

「気づいていたよ。君が、……子供を作りたくないって思っていたこと。……何かが怖くて、孕みたくないって思ってたんだろ」

カミーユは震えるまつげを押し上げた。

どうにか、その言葉の意味を理解しようとした。だが、体内の柔らかな襞を太い指で掻き回されている最中は、理性を保ち続けることは困難だ。

「っ、知って、……た？」

「嫁いできたころ、君はすごく硬い表情をしていたからね。見たことがないぐらいに。それが痛々しかった。敵対する派閥から嫁いできたのだから、俺に対する悪口なども、さんざん吹きこまれていただろう」

「だけど、あなたもすごく、おっかない顔してたわ」

「緊張してたんだ。念願の愛しい娘を妻にできて」

あの強ばった顔が全て緊張のためだったのだと知ると、カミーユは笑ってしまう。

ようやく、ずっと胸にあった重しを吐き出すことができた。

「あなたは、モンパサ家の財産目当て……だって子供を……作ったら、……大切な家族が……殺されるかもしれないって、……母に脅されたわ」

「どうやって、俺が財産を？」

不思議そうなアイザックに、両親が吹きこんだ複雑な計画を、カミーユはどうにか切れ切れに説明した。

「なるほどな」

納得はしてくれたようだが、やたらと楽しそうだった。そこまでしてモンパサ家の財産を奪い取ろうなんて、欠片も思っていなかったのだろう。

話している間にも、アイザックの指はカミーユの中で動き続けた。しゃべるのもつらいぐらい感じるようになると、もう一本指が増やされる。

そのぎちっとした感触にむずがるように腰を揺らすと、アイザックの指が花弁の前の突起に伸びた。

ずっとそこに触れずに焦らされていたからこそ、こんなときに刺激を送りこまれるのはたまらない。

そこを転がされる快感に合わせて、声が押し出されてしまう。

「っんぁ、……ふあぁ、……ァア……ン……っ」

アイザックは二本の指をカミーユの体内に沈めたまま、外に出ている他の指の腹で、突起を柔らかく刺激し続けた。

濡れそぼった突起を押しつぶされるたびに、体内にある指をぎゅっと締めつけずにはいられない。

「っん、……っん、……ん、ん、ん……っ」

指の太さに押し広げられた粘膜を余すことなく擦りあげられて、身体がジンジンと痺れていく。

指二本だけでも存在感があった。

ぬるぬると、身体の奥から蜜があふれた。そのぬめりが指の動きを助けるから、全くといっていいほど痛みは感じられない。あるのは、狂おしいような充溢感だけだ。

こんなふうに中をいじられていると、もっと大きなものでとどめを刺されたいという欲望がこみあげてきた。

濡れた目でアイザックを見ると、その合図を読み取ったかのように熱っぽい目で見つめ返される。

中をほぐしきった指が抜き取られ、代わりにアイザックの大きなものが押し当てられた。その熱さを入り口の粘膜で直接感じ取っただけで、ぞくりと快感に鳥肌が立つ。

覚悟して、ゆっくりと息を吐いた。

「あっ……っぁあああ……」

次の瞬間、その大きなものが体内に突きたてられた。

狭い粘膜を最初に押し広げられて、あまりの悦楽に頭が真っ白になる。指とはまるで違う、大きくて弾力のある固いもので身体の深い場所まで貫かれ、内臓まで押し上げられているのだ。

それでも、気持ち良さのほうが圧倒的に勝ってくることを、カミーユは知っている。

「っあ、……んぁ、ああ、あ……ッン……っ」

その大きさに慣れるまで、最初のうちはあやすような動きだけだ。

だが、隙間なくぴっちりと収められたそれの大きさに慣れ、その形に押し広げられた襞がジンジンと甘く疼くようになると、だんだんと動きが大きくなる。

隙間もなくつながっているから、張り出したその先端が自分の腹のどこにあるのか、鮮明に頭で思い描いた。

「っあっ、ん…ぁ……っ、あ…っ」

その緩やかな律動に揺さぶられているうちに、だんだんと快感にも濃淡があることがわかる。何故なら、アイザックがその先端で、感じるところを探ってくるからだ。

ついにすごく感じるところを探り当てられ、その切っ先で強烈になぞられた瞬間、びくんと大きく腰が跳ね上がった。小さく悲鳴のような声が漏れる。

「っぁ、あ……っ！」

「見つけた」

ささやかれた後で、アイザックはそこを集中的にえぐってきた。

感じるたびに、カミーユの襞に力がこもる。それが、アイザックにも悦楽を与えているのかもしれない。締めつけるアイザックのものが、ますます中で大きさを増していく。

やたらと刺激されるので、中から力が抜けなくなった。

「ダメ、……よ、そこ、……っ、ばっか、り……っ」

「だったら、ここは？」

アイザックが足の間に手を伸ばし、さらにカミーユの感じる花弁の突起を指先でなぞった。中をえぐりながら、そこを軽く指の腹で転がされて、中を刺激されるだけとは違う複雑な快感が生み出される。感じすぎてつま先にまでぎゅうぎゅうと力がこもり、どうすれば力が抜けるのかわからなくなったほどだ。

「っぐ、……あ、ふぅ、ん、あ……っ」

「こんなふうにきつく締めつけるときは、……君はとても気持ちいいのだと判断しているんだけど。違う？」

動きを止め、からみつく複雑な襞の動きを堪能するようにしながら尋ねられると、カミーユはどう答えていいのかわからなくなってしまう。

「っん、だけど、……その、恥ずかしい……の……っ」

気持ちいいのはともかく、そんな状態であることを言葉で指摘されるのはいたたまれない。

そう訴えたかったのに、アイザックはとことんカミーユを気持ち良くさせたいみたいだ。

「……ほら。……抜こうとしても、からみついてくる」

アイザックは突起を指の腹で転がしながら、その立証をするかのように、抜く途中で動きを止めた。

アイザックの硬いものに、ひくひくと襞がからみつくのが自覚できて、カミーユは真っ赤になった。

「だから、……ここ、好きなはず」

そんな言葉とともに、感じる位置を体内と体外の両方から刺激された。

気持ちがいいところを、気持ちがいい強さでえぐりたてられ、その合間に花弁の突起もゆるゆると転がされる。カミーユのほうとしては、たまったものではない。

「っあ、……んぁ、……は、は……っ」

気持ちよすぎて、ひたすらアイザックに揺らされているしかない。

さんざんあえがされ、その声も嗄れつつあったころに、腰を絶頂感の前兆となる疼きが満たしてきた。

それを意識したときにはすでに遅く、深くまで立て続けに叩きこまれて太腿が痙攣した。

「っあ、……あう！　……あ、……もう、……いっちゃ……っ」

絶頂に至る身体の反応を、もはや自分で制御することはかなわない。

アイザックは今日は焦らすつもりはないらしく、無言でその膝を抱え直した。

カミーユがまっすぐ昇りつめることができるように、正面からリズミカルに激しく打ちつけてくる。

「ッン！　……ン！　……ン！　……っ」

そのたびに、息を呑むような快感が腰から全身に広がった。

打ちこまれるもののたくましさと気持ち良さに、頭がぼうっとした。自分の体内の一番柔らかなところを、こうして他人に明け渡す快感があるなんて知らなかった。

強烈な快感が全身に広がり、感じるところを集中的にえぐられて、切迫したような悦楽が生まれる。絶妙なタイミングで、突起もぐりっと強めに指で擦りあげられた。

「あっあああ！」

ぞくんと、体内で何かが弾けた。

痙攣しながら達したのがアイザックも強く刺激したらしくて、とどめを刺すように深くまで押しこまれた。

「……っ！」

中で出される感覚が、カミーユにも伝わった。

一瞬焦ったが、今はもう、アイザックの射精を拒まなくてもいい。熱い液体を注ぎこまれ、その感触を気が遠くなるような快感の中で受け止める。

「は、……はぁ、……あ……っ」

余韻に、身体が痺れていた。甘ったるい快感で満たされて、カミーユはぼうっとする。

ひたすら息を整えていると、アイザックの身体からも力が抜けて、上から覆い被さるように抱きしめられた。その重い身体を抱きしめながら、カミーユは感慨に浸る。

――やっぱり、アイザックとの子供。……欲しい……わ。

アイザックに似ているのか。それとも、自分なのか。

自分たちだけではなく、レオンとフランソワーズの間にも、両派閥の和解の象徴となる子供が生まれるはずだ。他のカップルにも子供はできるだろうから、両派閥の関係はどんどん深く良くなっていく。

――私の可愛い弟のオーギュスタンも、いずれ可愛いカロリング派の令嬢と出会えるかしら。

オーギュスタンはまだ十歳だ。だいぶ先の話になるだろうが、彼にお似合いの、素敵な令嬢と出会って欲しい。

カミーユの腕の中で甘えるようにしていたアイザックが、むくりと身体を起こした。顔をのぞきこまれて、カミーユは微笑み返した。

「何を、……考えていた？」

アイザックの声は甘くかすれ、情事の名残を宿している。まだ彼のものが体内にあったから、カミーユは身じろぎを最低限に抑えた。

「可愛い弟のオーギュスタンのことよ。……私があなたと出会えたように、弟もいい相手と結ばれるようにって」

「オーギュスタンは、まだ子供だろ？」

「十歳だけど、あっという間よ、たぶん」

言うと、アイザックはカミーユの胸元に顔を埋めながら言ってきた。

「そうだな。だったら、……よい相手を探しておこう」

そんな言葉とともに、肩と腰をつかまれてごろりと仰向けに反転されられた。

「っぁあ！」

入れ直されて、新たに広がった快感に、カミーユはびくんと身体を痙攣させた。

——また、……入ってくる……。

かつては拒むしかなかった熱いものが、これからの希望のように感じられた。

カミーユはそれを心を震わせながら受け止める。

抱きしめるたびに実感するアイザックの硬くてたくましい身体の感触や、乱れきった息づかいも愛おしくてならない。

彼が宰相になったら、さぞかし国も過ごしやすくなるだろう。

その手伝いを、自分も少しでもできればいい。

そんなふうに願いながら、カミーユはだんだんと激しくなるアイザックの突き上げに身を委ねた。

ずっと焦らしていた分、思う存分、彼には許さなければならないだろう。

だったら、子供を授かるまで、そう時間はかからない。

あとがき

今回のコンセプトは「婚約破棄もの」に加えて、ロミジュリをしてみようかな、というものでした。そして、私はついついエロにテーマを入れこんでしまうのですが、今回は「挿れるの禁止」と「先っぽだけ」を組みこもうと……。「挿れるの禁止」は途中まで達成できたのですが、「先っぽだけ」は……。初稿にはあって、担当さんに何を言われたわけでもないのですが、改稿しているうちにヒーローが「先っぽだけ」と哀願しつづけるのがどうしてもしっくりこなくて、削ってしまったのが少し残念。ちょっとだけ、その残滓があります。……代わりに素◯で楽しみました！　毎回似たようなエロだと私が飽きるので、新しい要素を入れていきたいけど、そういうのは望まれているのかいないのか、どうなんですか、皆さん……！！！！

と呼びかけて返事がこなかったところで、お礼を。

ふわふわ可愛いストロベリーブロンドのヒロインと、怖い顔のヒーローをとっても素敵に描いてくださったＳＨＡＢＯＮ先生。本当にありがとうございました。そして、読んでくださった皆様と担当さんにもお礼を。ありがとうございました。またどこかでお会いできましたら！

花菱ななみ

蜜猫文庫をお買い上げいただきありがとうございます。
この作品を読んでのご意見・ご感想をお聞かせください。
あて先は下記の通りです。

〒102-0075 東京都千代田区三番町8番地1 三番町東急ビル6F
(株)竹書房　蜜猫文庫編集部
花菱ななみ先生 /SHABON 先生

婚約破棄された令嬢、敵対する家の旦那様とスピード結婚する。 溺愛包囲網がスゴ過ぎます

2023年6月29日　初版第1刷発行

著　者　花菱ななみ　
発行者　後藤明信
発行所　株式会社竹書房
〒102-0075 東京都千代田区三番町8番地1 三番町東急ビル6F
email : info@takeshobo.co.jp
デザイン　antenna
印刷所　中央精版印刷株式会社